WILDE HORDE

Pferdeflüstern

Katrin Tempel wurde in Düsseldorf geboren und wuchs in München auf. Nach ihrem Geschichtsstudium arbeitete sie als Journalistin, heute ist sie Chefredakteurin der Zeitschrift »LandIdee«. Außerdem schreibt sie Drehbücher (unter anderem den historischen ZDF-Zweiteiler »Dr. Hope«) und Romane. Mit »Holunderliebe« und »Mandeljahre« gelangen ihr große Publikumserfolge. Unter dem Namen Emma Temple veröffentlicht sie bei Piper weitere Romane, zuletzt »Die Nebel von Connemara«. Sie lebt mit ihrem Mann und der gemeinsamen Tochter in Bad Dürkheim an der Weinstraße.

Katrin Tempel

WILDE HORDE

Pferdeflüstern

CARLSEN

Für Emma – die davon träumt, mit der Horde
durch den Wald zu jagen …

Außerdem in der Serie *Wilde Horde* erschienen:
Band 1: Die Pferde im Wald
Band 2: Pferdeflüstern
Band 3: Seelenpferde

Wir produzieren nachhaltig
- Klimaneutrales Produkt
- Papiere aus nachhaltigen und kontrollierten Quellen
- Hergestellt in Europa

FSC www.fsc.org
MIX
Paper from responsible sources
FSC® C021394

Veröffentlicht im Carlsen Verlag
März 2023

Umschlaggestaltung: formlabor
Umschlagbilder: shutterstock.com © Galyna Andrushko; Viktoriia Bondarenko; Nemeziya LilKar
Vignette: udaix, shutterstock
ISBN: 978-3-551-32101-5

Wilde Horde, schnelle Jagd

„Hufbeinbruch und Kreuzverschlag,
wir sind frei an jedem Tag.
Die Horde reitet wie der Wind,
weil wir wilde Geister sind.“

Die fünf Pferde stürmten los. Zaz klammerte sich in die lange Mähne von Monsun und genoss das Gefühl, wie die Stute unter ihr mit jedem Sprung an Geschwindigkeit gewann. Der schwarze Hengst an der Spitze schwenkte in eine der wenigen geraden Schneisen ein, die durch den Wald führten, und wurde noch schneller.
Zwanzig Hufe trommelten über den Boden. Fünf Pferde, fünf Reiter, keine Sättel, keine Zügel, kein Zaumzeug.

Eine Horde, die nichts und niemand bremsen konnte. Als wären sie von einer einzigen Hand gelenkt, bewegten sie alle sich im gleichen Takt.
Die Sonne malte helle Flecken auf den grasigen Boden zwischen den hohen Bäumen. Es war noch früh am Vormittag und Zaz roch den typischen Geruch des Waldes: Harz, Erde, Pilze. Am Ende der Schneise bogen sie in einen schmalen Pfad ein, der durch einen hellen Birkenwald führte. Unwillkürlich griff Zaz fester in die Mähne. Sie kannte diesen Weg: Ständig änderte sich die Richtung und wenn sie hier nicht aufpasste, dann lag sie gleich irgendwo im Gras. Und Feuertanz schien an der Spitze eher noch schneller zu werden.
Zaz sah zur Seite. Direkt neben ihr jagte Fee mit ihrer Luna dahin. Das schmale blonde Mädchen war blind. Aber wenn sie auf ihrer schneeweißen Araberstute saß, war davon nichts zu merken. Fee vertraute ihrem Pferd, das für sie das Sehen übernahm.
Direkt vor Zaz galoppierte Kronos. Ein gewaltiger Kohlfuchs mit vier weißen Beinen und einer breiten Blesse. Das größte der Pferde. Seine Reiterin Ann-Sophie saß immer so aufrecht, als würde sie ein Turnier reiten.

Ganz vorneweg raste Arpad mit seinem Rappen Feuertanz dahin. Seine langen schwarzen Haare vermischten sich mit der Mähne seines Pferdes – die beiden wirkten wie eines der Wesen aus einer Sage: ein Junge mit vier Beinen.
Zaz sah über ihre Schulter. Die Letzten waren wie immer Lukas und Herr Müller. Dem schweren Kaltblut fiel es schwer, so schnell durch den Wald zu rennen. Dafür war er nicht gebaut – aber seinem Reiter Lukas war das einfach egal. Er wusste: Er kam immer an.
Und dann war da ihr eigenes Pferd. Monsun. Ein Vollblut, gezüchtet für die Rennbahn. Die Stute war braun ohne ein einziges weißes Haar. In ihre lange schwarze Mähne hatte Zaz vor wenigen Tagen eine Feder geflochten, die jetzt im Wind flatterte.
Keines der Pferde trug einen Sattel oder ein Zaumzeug. Die Richtung oder das Tempo bestimmten die Reiter durch einen Druck der Knie oder eine winzige Gewichtsverlagerung. Sie und ihre Pferde waren eine Einheit. Hin und wieder hatte Zaz das Gefühl, das ihre Stute Monsun ihre Gedanken hören konnte.
Gemeinsam waren sie die Wilde Horde. Und seit ein paar

Tagen gehörte auch Zaz dazu. Erst vor etwas mehr als zwei Wochen war sie nach Donneracker gekommen. Von den Eltern in den Sommerferien zur Oma abgeschoben. Und dann hatte sie die wilden Reiter in diesem Wald kennengelernt. Und noch wichtiger: Sie hatte Monsun getroffen. Das wunderbare Vollblut, auf dem sie jetzt saß. Seitdem die Horde in einem wahnsinnigen Rennen eine Gruppe von Bikern geschlagen hatte, gehörte dieser Wald wieder ihnen alleine. Auf den Wegen war nichts zu sehen als die Hufabdrücke der Pferde – und hin und wieder die vereinzelten Spuren eines Wanderers aus der Pension von Zaz' Großmutter.

Wieder wechselte Arpad die Richtung: Er schlug einen Weg ein, den Zaz nicht sofort erkannte. Die Bäume rückten noch enger an die Pferde heran, Zweige schlugen gegen ihre Beine, der Klang der Hufe veränderte sich. Jetzt ging es über einen weichen Nadelboden in einen dunklen Tannenwald.

Erst als es zwischen den Bäumen glitzerte, wusste Zaz wieder, wohin dieser Weg führte: zu dem kleinen See, der am Rand des Waldes lag. Hier waren sie erst ein Mal gewesen. Es schien ihr wie eine Ewigkeit her. Damals hatte Monsun sich noch geweigert, mit ihr eine andere Gangart als Schritt einzuschlagen. Wirklich lange her, denn jetzt wurde Monsun sogar noch schneller, als Feuertanz in Richtung des Tümpels abbog. In einer Wolke aus Tropfen verschwanden die Pferde im Wasser.

Erst als es ihnen bis zur Brust reichte, wurden sie langsamer. Zaz spürte, wie Monsun ein paar letzte Schritte machte, bevor sie sich vom Boden abstieß und mit langen Bewegungen anfing zu schwimmen. Schnell ließ Zaz sich von ihrem Rücken gleiten und griff noch fester in die Mähne, um sich ziehen zu lassen.

Von Monsuns Kopf war nur noch die obere Hälfte zu sehen: die Ohren, Augen und die von der Anstrengung nach dem schnellen Galopp durch den Wald weit geblähten Nüstern.

„Ich habe euch doch gesagt, dass ihr was Dünnes anziehen sollt!“, rief Arpad über die Schulter. Im Wasser war es unmöglich zu erkennen, wo seine Haare endeten und die Mähne von Feuertanz begann.

Neben sich hörte Zaz ein genervtes Stöhnen. Ann-Sophie. „Das nächste Mal sagst du, dass wir Badeanzüge anziehen sollen! Dann fange ich gar nicht erst mit Reit-

hosen und solchen Sachen an!“ Aber ihr Gesicht strafte den genervten Satz Lügen: Ganz offensichtlich hatte sie so viel Spaß wie alle anderen.
Fee ließ sich mit einem verträumten Gesicht von Luna ziehen und Lukas hielt mit einer Hand seine Brille fest, während er breit grinste. „So sollte doch wirklich jeder Sommertag sein, was?“ Sein Pferd, Herr Müller, schien im Wasser jede Behäbigkeit zu verlieren – hier war er so schnell wie alle anderen auch.
Sie drehten eine Runde durch den Teich. Zaz spürte, wie Schlingpflanzen an ihren Beinen entlangglitten, und beobachtete zwei Enten, die ihre Küken mit aufgeregtem Geschnatter in Sicherheit brachten.
So verpasste sie den Moment, in dem Arpad auf das Ufer deutete und sein Feuertanz im flachen Wasser Boden unter die Hufe bekam. Mit einigen wenigen Sprüngen verließen die Pferde den Teich und galoppierten die Böschung hinauf. Alle Reiter der Horde schwangen sich wieder auf die Pferderücken und klammerten sich mit den Knien an ihren vierbeinigen Freunden fest.
Nur Zaz war nicht schnell genug. Als sie sich auf den Rücken der Stute ziehen wollte, waren sie schon wieder

auf festem Grund. Und sie hatte eigentlich noch immer genügend Probleme damit, auf ein stehendes Pferd zu klettern. Auf ein nasses Pferd im vollen Galopp – das war für sie ein Ding der Unmöglichkeit. Zwei oder drei Galoppsprünge rannte sie noch neben Monsun her, dann verlor sie den Boden unter den Füßen und fiel der Länge nach in den sandigen Boden am Ufer des Teiches. Zaz hörte, wie die trommelnden Hufe sich entfernten – und dann nur noch ihren eigenen keuchenden Atem.

„Mist!" Sie ließ den Kopf sinken.

Um ihn einen Augenblick darauf wieder zu heben. Denn sie hörte ein Pferd im Trab und nur Sekunden später ragten vor ihr Monsuns schwarze Beine auf. Die braune Stute senkte den Kopf und blies Zaz freundlich in die Haare.

„Schön, dass dir aufgefallen ist, dass du da was vergessen hast ...", murmelte Zaz und richtete sich auf. Sie streichelte Monsun über die Stirn und kraulte sie hinter den Ohren.

Dann blickte sie an sich hinunter. „Ich sehe aus wie ein paniertes Schnitzel. Besser, wenn ich noch einmal ins Wasser gehe und alles abwasche, oder?"

Monsun schnaubte leise. „Ist das ein Ja? Oder lachst du mich aus?“ Langsam zog Zaz sich an Monsuns schwarzer Mähne auf die Beine. Monsuns braunes Fell fing schon wieder an zu trocknen und glänzte in der Sonne.
Noch bevor sich Zaz auf den Weg zum Teich machen konnte, hörte sie hinter sich den schnellen Hufschlag der anderen Pferde.
„Wenn du noch nicht lange genug im Wasser warst, hättest du uns doch etwas sagen können!“, rief Arpad mit einem breiten Grinsen im Gesicht.
„Wenn du das Bad beendest, hättest du mich auch warnen können!“, gab Zaz zurück. „Im vollen Galopp aufspringen – das werde ich wohl nie lernen.“
„Quatsch.“ Das war Fee, die immer ein freundliches Wort hatte, wenn es darum ging, etwas Neues zu lernen. „Das ist alles eine Frage der Übung. Du kannst das genauso lernen wie wir alle.“ Fees nasse Haare hingen ihr über die Augen und Zaz musste sich beherrschen, um sie ihr nicht aus dem Gesicht zu streichen. Dabei war es für Fee völlig egal, wo ihre Haare hingen. Sie sah mit den Ohren und mit dem Herzen. Und das meistens sehr viel besser als ihre sehenden Freunde.

„Da hat Fee recht", erklärte Lukas. „Schau mich an: Ich bin alles andere als ein Sport-Ass. Und Müller ist nicht klein. Trotzdem: Ich komme hoch." Er zog eine Grimasse. „Zumindest meistens."
Zaz musterte ihn. Mit seinen kurzen Beinen und seiner kräftigen Figur war Lukas wirklich nicht der Held in Sachen Sport. Und sein Kaltblut, Herr Müller, war in jeder Hinsicht gewaltig. Um auf ihn aufzuspringen, musste Lukas eine ganz eigene Technik entwickelt haben. „Okay. Könnt ihr mir das beibringen?", fragte Zaz.
„Machen wir", nickte Arpad. „Aber jetzt sollten wir erst einmal zu unserem Karren reiten. Ich glaube, wir können uns nicht ewig davor drücken, ihn wieder richtig auf Vordermann zu bringen."
Zaz nickte ebenfalls. „Alles klar. Wartet noch kurz, ich will mir den Sand aus den Haaren und von den Klamotten waschen."
„Und von deinem schicken Helm", grinste Ann-Sophie.
Erschrocken griff Zaz an ihren Kopf. Sie hatte das alte Ding fast vergessen. Als sie vor zwei Wochen angefangen hatte, reiten zu lernen, hatte sie sich mit dem abgeschabten braunen Samthelm ihres Vaters wohler gefühlt. Und

jetzt konnte sie sich nicht mehr vorstellen, ohne diesen Schutz auf einem Pferd zu sitzen.
Sie nestelte am Verschluss, öffnete ihn und wusch erst sich, dann den Helm und zu guter Letzt ihre Haare im Wasser des Teiches. Dann drehte sie sich zu ihren Freunden von der Horde um und verkündete: „Fertig! Machen wir uns auf den Weg zum Schäferkarren und zu einer ersten Lektion in Sachen *Aufspringen.* Ich hab es ja schon vermisst, dass mir einer das Reiten beibringen will ..."
Lachend ritten die fünf durch den Wald zu ihrem Hauptquartier. Zaz sah sich die anderen vier an: eine reichlich wilde Mischung, die da durch den Wald von Donneracker jagte – und sie gehörte dazu. Zum ersten Mal in ihrem Leben war sie glücklich, nicht mehr alleine zu sein. Dabei hätte sie bis zu diesen Sommerferien geschworen, dass es nichts Besseres gab, als alleine laufen zu gehen. Am besten mit Musik in den Ohren, damit garantiert niemand auf die Idee kam, dass sie mit ihm reden wollte. Jetzt lagen die Kopfhörer seit Tagen unberührt in ihrem Zimmer in Donneracker. Und die dünne Laufhose war unglaublich praktisch, wenn man ohne Sattel auf einem

Pferd zurechtkommen wollte. Auch jetzt: Das Ding war trocken, noch bevor sie die Lichtung erreichten, die für die Horde den Mittelpunkt des Waldes bildete.

Als sie zwischen den Bäumen heraustraten, machte Zaz' Herz vor Freude einen kleinen Sprung: Hier stand er wieder, der Schäferkarren, der ihnen in der letzten Woche entführt worden war – und den sie mit diesem mörderischen Rennen zurückerobern konnten.

Er musste allerdings dringend wiederhergerichtet werden. Angemalt hatten sie ihn sofort nach ihrem Sieg, schwarz mit dem Zeichen der Wilden Horde: dem Kopf eines wilden Pferdes, dessen Mähne im Wind flatterte.

Jetzt war es an der Zeit, dass sie sich um das Innere des Karrens kümmerten. Leider hatten die Diebe nicht nur ihren Müll hineingeschmissen. Im Gegenteil: Teppich, Decken, Kissen und das Sofa waren nicht mehr zu gebrauchen.

Die Horde hatte fürs Erste beschlossen, dass sie alles leer räumen und dem Inneren des Wagens ebenfalls einen neuen Anstrich verpassen wollten. Zum Glück hatte Zaz' Großmutter Tine ihnen dafür leuchtend gelbe Farbe und die Pinsel gegeben. Am Vortag hatten sie gemeinsam alle

Wände und sogar die Decke gestrichen. Nur der Boden war dunkel geblieben.

Gemeinsam sahen sie sich jetzt im Karren um. „Schön sonnig", sagte Ann-Sophie. Sie fingerte an einem ausgerissenen Riegel des Fensters herum. „Das ist irgendwie abgebrochen. Ich habe keine Ahnung, wie man das wieder in Ordnung bringen soll", seufzte sie. „Ist einer von euch vielleicht handwerklich begabt?"

„Begabt?" Lukas lachte auf. „Wenn ich mehr könnte, als an meinem Computer die Stecker reinzudrücken, dann würde ich in einem fort selber Regale bauen. Aber ich fürchte, ich muss bei den Steckern bleiben. Ich bin schon überfordert, wenn es darum geht, einen Nagel in die Wand zu hauen …"

„Ich fürchte, ich bin da auch nutzlos", gab Arpad zu. „Einen Nagel in die Wand hauen, das kriege ich noch hin. Aber hier geht es darum, einen Riegel in der passenden Größe zurechtzuschneiden und dann wieder in diese Halterung hineinzubringen. Vergiss es, das schaffe ich nie!"

Entmutigt sahen sie einander an. Lukas hob fragend eine Augenbraue und schaute Zaz an – aber die schüttelte auch nur den Kopf. Handwerken war nicht ihr Ding.

„Sollen wir vielleicht erst einmal damit anfangen, Zaz das Geheimnis des Auf- und Abspringens beizubringen?“ Das war Fee, die sich an den Renovierungsarbeiten sowieso nur wenig beteiligen konnte.
„Super Idee!“ Mit einem Schlag ließen alle die kaputten Teile ihres Karrens fallen und rannten ins Freie.
Fragend sah Zaz in die Runde. „Also? Wie kann ich das lernen?“
„Eigentlich geht es ganz einfach …“ Arpad pfiff nach Feuertanz, der in der Nähe graste. Der Hengst warf seinen Kopf nach oben, schnaubte und galoppierte auf Arpad zu. Der griff in die Mähne, machte selber ein oder zwei Schritte, die wie Galoppsprünge aussahen, und schwang sich dann einfach nach oben. Es sah wie ein Kinderspiel aus.
Arpad parierte Feuertanz sofort zum Schritt durch und wandte sich zu Zaz um. „Hast du gesehen, was ich gemacht habe? Eigentlich musst du nur im Takt des Pferdes sein, kurz mitgaloppieren und dich dann vom Schwung des Pferdes an der Mähne nach oben ziehen lassen.“
Zaz zog eine verzweifelte Grimasse. „Nebenhergaloppieren? Wie soll ich Monsun denn klarmachen, dass sie

galoppieren soll, während ich nebenherrenne? Bis jetzt war ich froh, wenn sie stillstand, während ich auf ihren Rücken gekrabbelt bin."

„Das macht sie schon. Für dich macht sie doch alles!" Arpad schien ihr das Kunststück tatsächlich zuzutrauen.

Langsam strich Zaz eine Strähne ihrer langen Haare hinter die Ohren. „Monsun!"

Die Stute warf ihren Kopf nach oben und sah sie über die Wiese hinweg erwartungsvoll an.

„Na, komm!" Zaz kam sich lächerlich vor. Normalerweise rief sie selten nach Monsun. Die Stute kam einfach, wann immer Zaz es wollte. Da bedurfte es keiner lauten Worte. Es war wie Flüstern. Nur noch leiser.

Immerhin: Leise schnaubend schlenderte Monsun in ihre Richtung. Das hatte allerdings wenig mit dem Galopp zu tun, den Zaz jetzt gerne sehen würde.

Sie schnalzte mit der Zunge. „Auf, beweg dich ein bisschen schneller!" Monsun begriff offensichtlich nicht, was Zaz wollte. Sie kam näher und stellte sich neben sie. Dann wendete sie Zaz den Kopf zu, fast so, als wollte sie ihre menschliche Freundin ermuntern, doch wieder auf ihren Rücken zu klettern.

Zaz griff in die Mähne, sprang vom Boden ab, bis sie bäuchlings quer über Monsuns Rücken lag, schwang dann ein Bein über die Kruppe und richtete sich auf. „Tadah! Wir beide machen es immer gleich – ich fürchte, es dauert noch ein Weilchen, bis wir so elegant werden wie Arpad und Feuertanz." Sie wandte sich an Lukas. „Kannst du mir vormachen, wie ihr das macht? Vielleicht taugt ihr ein bisschen besser zum Vorbild als unser Häuptling hier …"

Lukas zuckte mit den Schultern. „Klar. Aber ich denke, es bleibt im Prinzip das Gleiche." Auch er pfiff leise und sein Müller galoppierte heran. Bei dem schweren Kaltblut bebte der Boden.

Lukas hatte recht: Auch er griff in die Mähne, sprang zwei Galoppsprünge im Takt seines Pferdes und schwang sich dann auf Müllers Rücken. Sicher, er hing noch zwei weitere Galoppsprünge an der Seite. Aber dann hatte er sich nach oben gezogen und kam im Schritt zurück zur Horde.

„Die Technik kommt vom Voltigieren. Da können auch kleine Mädchen auf große Pferde. Wenn man einmal den Bogen raushat, ist es gar nicht so schwer." Lukas sah

Monsun an, die friedlich unter Zaz dastand. „Die erste Bedingung wäre allerdings, dass sie auch galoppiert, wenn du das von ihr willst. Das sieht im Moment ja noch nicht so aus."

Zaz richtete sich auf, drückte ihre Beine an Monsuns Seiten und pfiff leise dazu. Die Stute galoppierte willig an. Zaz lobte sie überschwänglich, doch dann seufzte sie. „Das dauert ja ewig, bis sie begreift, dass sie mit dem Pfiff angaloppieren soll. Wahrscheinlich ist es Weihnachten, bis das klappt."

„Bestimmt nicht. Monsun und du, ihr versteht euch doch fantastisch. Und wer in 14 Tagen reiten lernt, der kann auch in 14 Tagen lernen, wie man einem Pferd auf den Rücken springt." Lukas nickte ihr aufmunternd zu. „So wie es aussieht, brauchen wir länger, um unseren Wagen wieder auf Vordermann zu bringen, oder?"

Alle lachten.

„Ich habe Hunger!" Lukas sah sich um. „Wie sieht es aus? Hat irgendjemand was dabei?"

Alle schüttelten den Kopf.

„Ich denke, wir könnten Tine darum bitten, uns was zu machen. In ihrer Küche gibt es immer etwas." Zaz grins-

te in die Runde. „Und wir sind ja nicht sehr anspruchsvoll."
„Sorgen wir dann nicht endgültig dafür, dass die Pension kein Geld mehr abwirft?" Ann-Sophie war wieder einmal die Vernünftige. Aber auch alle anderen erinnerten sich noch zu genau an die Sprüche von Ty, dem Sohn des Bankdirektors. Er hatte mehr als deutlich erklärt, dass Tines Pension hier im Wald kurz vor der Pleite stand.
„Auf keinen Fall!" Zaz schüttelte den Kopf. „Ein paar Nudeln und ein bisschen Soße sind bestimmt nicht daran schuld, wenn die Pension kein Geld abwirft. Ich glaube eher, dass Tine sich freut, wenn sie uns sieht."
„Dann wäre das entschieden", erklärte Arpad. „Auf nach Donneracker!"
Während sie durch den Wald ritten, lenkte Ann-Sophie ihren Kronos neben Monsun.
„Wie steht es denn wirklich um deine Großmutter?", fragte sie halblaut. „Bloß, weil wir Ty aus dem Wald vertrieben haben, sind ihre Schulden ja nicht einfach verschwunden."
Zaz zuckte mit den Schultern. „Sie redet mit mir nicht so richtig darüber. Wahrscheinlich will sie mich mit ihren

Problemen verschonen. Aber immerhin drängen meine Eltern jetzt nicht mehr ständig auf einen Verkauf. Trotzdem: Gerettet ist Donneracker noch lange nicht. Dafür fehlt die zündende Idee, die wieder Gäste ins Haus und Geld in die Kassen bringt."

„Können wir denn irgendwie helfen?", mischte Lukas sich ein. „Ich will mir gar nicht vorstellen, wie es wäre, wenn es Donneracker nicht mehr gäbe …"

Die anderen nickten. Jeder hing seinen eigenen Gedanken nach, bis zwischen den Baumstämmen das Dach der kleinen Pension auf der Waldlichtung auftauchte.

Entdeckungen in der alten Scheune

Zwei Stunden später saßen alle fünf vor leeren Tellern auf der Terrasse der Pension Donneracker und versuchten, eine Lösung für Zaz' Problem zu finden.

„Es muss doch einen Weg geben, Monsun zum Galoppieren zu bringen, während Zaz versucht, auf- und abzuspringen", sagte Arpad stirnrunzelnd. „Unsere Pferde haben da ja auch mitgemacht."

„Seit wann ist denn von Abspringen die Rede?" Zaz grinste. „Ich wollte in den Sommerferien eigentlich nicht fit für einen Zirkus werden."

„Abspringen ist doch nur die logische Folge. Wer hochkommt, der muss auch runter.“ Arpad sagte das so, als wäre es das Einfachste der Welt.

Zaz’ Großmutter Tine hatte schon eine ganze Weile zugehört. Ihr gehörte nicht nur die Pension, sondern auch der Wald drum herum. Feuertanz, Herr Müller und Monsun waren einst die Pferde ihres Mannes Felix gewesen. Jetzt kümmerte sich die Horde um die drei und Ann-Sophie und Fee waren mit ihren eigenen Pferden dazugekommen.

Nun mischte Tine sich in die Unterhaltung ein: „Wäre es nicht einfacher, wenn Zaz dieses Auf- und von mir aus auch das Abspringen an einem Holzpferd übt? Dann erschrickt Monsun vielleicht nicht so sehr, wenn Zaz an ihrer Mähne hängt und erst einmal mit diesen Bewegungen zurechtkommen muss. Was meint ihr?“

„Klar.“ Arpad zog die Schultern nach oben. „Da könnte sie Dutzende Male auf- und abspringen. Aber wir haben nun einmal kein Holzpferd und Monsuns Geduld würde das zu sehr strapazieren. So schnell werden wir wohl auch keins auftreiben können – im Karren hatten wir heute genug Gelegenheit festzustellen, dass wir alle total unbegabt sind, wenn es um Hammer, Nagel oder Säge geht.“

„Na ja …" Tine lächelte geheimnisvoll. „Ihr habt *mich* ja noch nicht gefragt. Felix hat so einiges in der Scheune aufgehoben, was ich sicher nie brauchen kann. Und wenn ich mich richtig erinnere, war auch ein Holzpferd dabei."
Sie hatte kaum ihren Satz beendet, als die Horde auch schon aufsprang und in Richtung der alten Scheune losrannte. Zaz bremste nach ein paar Schritten ab, drehte sich um, lief zurück zu Fee, nahm sie an die Hand – und gemeinsam versuchten sie, die anderen drei im Laufschritt einzuholen. Das etwas windschiefe Gebäude befand sich am anderen Ende der großen Lichtung, auf der die Pension stand. Das Scheunentor hing schief in den Angeln, bei dem Dach fehlte der ein oder andere Ziegel und das Holz sah grau und verwittert aus.
Das war den Hordenreitern allerdings egal, als sie in die Scheune hineinstürmten und sich blinzelnd umsahen. Es dauerte einen Augenblick, bis sich ihre Augen nach dem hellen Tageslicht an das Halbdunkel gewöhnt hatten. Dann sahen sie eine steile Treppe, die nach oben führte. Unten gab es verschiedene Schränke und fünf oder sechs leer stehende Pferdeboxen, in denen zum Teil sogar noch das Stroh lag.

„Hier hat mein Mann seine Pferde gehalten", erklärte Tine, die langsamer hinter der Horde hergegangen war. „Monsun und die anderen sind schließlich nicht schon immer frei und wild durch die Wälder gerannt. Das haben sie erst gemacht, als ich nach Felix' Tod die Boxen geöffnet habe. Sie gingen auf eigene Faust in den Wald und kamen jeden Abend zurück, um sich hier den Hafer abzuholen. Dann habt ihr angefangen, euch um die Pferde zu kümmern, und sie kamen immer seltener. Ich war darüber bestimmt nicht unglücklich, schließlich hatte ich in der Pension genug zu tun. Auf das Ausmisten konnte ich gut verzichten."

Tine ging zu einem schweren grauen Tuch, das über einem großen Gegenstand ausgebreitet war. Mit einem kräftigen Ruck zog sie den Stoff auf den Boden.

„Bitte schön. Ein Holzbock. Hier hat Felix sich immer um das Sattelzeug gekümmert und auch die Geschirre repariert. Er mochte es nicht, fertige Sachen aus dem Laden zu kaufen ..." Sie sah einen Augenblick lächelnd vor sich hin und schien sich in den Erinnerungen an ihren Mann zu verlieren.

Dann gab sie sich einen Ruck. „Auf jeden Fall könnt ihr

das jetzt verwenden. Vielleicht kann Zaz ja ein bisschen an diesem Pferd üben, was meint ihr?"
„Klar, das geht!" Arpad ging um das Holzpferd herum, rüttelte ein wenig daran, um die Stabilität zu überprüfen, und nickte schließlich. „Zumindest ist es ein Anfang."
„Fein. Dann lasse ich euch jetzt hier alleine. Ihr könnt das Pferd ja ein bisschen abstauben. Oder euch ein wenig umsehen, vielleicht gibt es hier noch mehr alten Kram, den ihr gut verwenden könnt. Ich muss mich jetzt wieder um meine Gäste kümmern!" Tine winkte zum Abschied und verschwand, bevor auch nur einer der Horde auf die Idee kommen konnte, ihr vielleicht Hilfe anzubieten. Einen Augenblick lang war es still in der staubigen Scheune.
Als Erste redete Fee. „Sie klingt, als ob sie deinen Opa immer noch vermisst."
Zaz zuckte mit den Schultern. Dann fiel ihr ein, dass Fee so eine Geste nicht sehen konnte. „Ich weiß es nicht. Meine Eltern waren hier fast nie mit mir zu Besuch, deswegen erinnere ich mich nicht an meinen Opa. Wahrscheinlich hätte ich mich gut mit ihm verstanden, schließlich mögen wir beide Pferde."

In der Zwischenzeit hatte Arpad sich genauer umgesehen. Die Sonnenstrahlen fielen schräg durch Ritzen der vernagelten Fenster und in dem Licht tanzten Staubkörnchen. Es roch nach Heu, Leder und ganz schwach nach Pferd. „Es ist richtig schön hier!", stellte er fest. „Und das wird überhaupt nicht mehr genutzt?"

„Nein." Zaz deutete auf die Treppe. „Sollen wir mal nach oben gehen? Da war ich noch nie!"

„Okay!" Arpad lief die Treppe nach oben und schob dort eine Holztür auf. Neugierig folgte ihm der Rest der Horde. Ein Flur, mehrere leere Zimmer.

„Hier muss doch mal jemand gewohnt haben", vermutete Arpad. „Aber so, wie es aussieht, war hier seit Jahren niemand mehr."

„Wie sieht es denn aus?" Das kam von Fee, die mitten in den Räumen stand und ein wenig ratlos wirkte.

„Sehr staubig, alter Holzboden, Wände, die mal weiß waren", beschrieb Arpad für sie. „Es sieht gemütlich aus. Und nach einer Menge Arbeit, bevor hier wieder jemand wohnen kann."

„Komisch." Zaz machte einen Rundgang durch die Räume. „Das hätte Tine doch die ganze Zeit als Ferienwoh-

nung vermieten können. Ich meine, wenn es schon ständig an Geld fehlt …"
„Sie wird ihre Gründe haben, warum sie das nicht gemacht hat", warf Ann-Sophie ein. „Können wir jetzt wieder runtergehen und uns um dieses Holzpferd kümmern? Hier oben bekommt man ja eine Staublunge!"
Gemeinsam gingen sie die Treppe hinunter und schoben das Pferd aus seiner Ecke in die Mitte der Scheune. Zaz griff nach einem Tuch, das wahrscheinlich schon seit Jahren an seinem Haken hing. Energisch schüttelte sie es aus und begann dann, das alte Pferd von seinem Staub zu befreien.
Dann stellte sie sich daneben. „Also, wie ging das noch mal? Ihr rennt nebenher – darauf müssen wir jetzt verzichten – und dann schwingt ihr euch einfach auf?" Versuchsweise sprang sie ab und lag wie bei Monsun quer über dem Rücken des Holzpferdes. „Okay, da muss ich wohl noch dran arbeiten. So kann ich es schließlich schon mit einem echten Pferd." Mit einem breiten Grinsen klopfte sie den Dreck von ihrem T-Shirt.
Alle lachten mit ihr. „Klar, sonst galoppiert Monsun lieber alleine weiter."

Allmählich fing es an zu dämmern und in der Scheune wurde es dunkel.
„Gibt es hier überhaupt kein Licht?“ Zaz sah sich um und entdeckte einen Lichtschalter. Versuchsweise drückte sie darauf, aber es passierte nichts.
Mit einem Schulterzucken wandte sie sich an die anderen. „Ich fürchte, wir müssen weitere Übungsstunden mit dem Holzpferd auf morgen vertagen. Heute geht hier überhaupt nichts mehr.“
Sie verabschiedeten sich voneinander und verabredeten sich zu einem neuen Ritt am nächsten Tag.
Mahnend hob Lukas einen Finger. „Wir sollten morgen aber auch wirklich etwas in unserem Karren machen. Wenn wir weiter nur in der Gegend rumreiten oder uns bei Zaz' Oma den Bauch vollschlagen, dann wird der nicht von selber wieder wohnlich.“
„Ja, ja“, murmelten die anderen. Keiner von ihnen fand die Idee besonders toll. Wer wollte sich schon um einen Schäferkarren kümmern, wenn man mit Pferden durch einen Sommerwald jagen konnte?
„Nichts da: Ja, ja!“, rief Lukas noch einmal. „Bevor wir uns zweimal umsehen, ist Herbst und wir sind froh,

wenn wir uns vor dem Wind und dem Regen irgendwo verstecken und aufwärmen können. Noch besser wäre es, wenn wir im Wagen einen Ofen hätten …"

„… oder einen Kühlschrank", ergänzte Ann-Sophie mit einem ironischen Lächeln. „Träum weiter, Lukas, das wird nichts."

Lukas wandte sich an Zaz. „Und wir beide müssen dringend mit der Nachhilfe anfangen. Sonst hast du am Ende der Ferien immer noch keine Ahnung von Mathe."

Zaz nickte und zog eine Grimasse. In den letzten beiden Wochen hatte Lukas für sie an einem Lernprogramm teilgenommen, das ihre Eltern für sie ausgesucht hatten. Natürlich mit überragenden Ergebnissen. Lukas war ein Genie, wenn es um Dinge wie Mathematik oder Computer ging. Jetzt musste Zaz allerdings so gut wie Lukas' Ergebnisse werden – und das war wirklich eine schwere Aufgabe.

„Sollen wir gleich loslegen? Eine Stunde auf der Terrasse?" Lukas sah sie fragend an und Zaz zwang sich selbst zu einem möglichst freundlichen „Ja, das ist nett von dir".

Lachend verschwand die restliche Horde mit ihren Pfer-

den im Wald, während Lukas und Zaz sich die ersten Formeln vornahmen. Er konnte tatsächlich gut erklären und Zaz verstand das meiste besser als jemals im Unterricht – obwohl es ihr ein Rätsel blieb, mit welcher Leichtigkeit Lukas sich in dieser Zahlenwelt zurechtfand.
Die Sonne war untergegangen, als sie endlich die Bücher schlossen und auch Lukas und sein Herr Müller sich auf den Weg machten. Herr Müller würde ihn an den Waldrand bringen, wo alle Hordenreiter ihre Fahrräder hinter einem großen Busch versteckten, wenn sie aus der Stadt kamen. Dann würde auch Müller den Rest der Herde suchen. Die Pferde streiften völlig frei im Wald umher, grasten auf den Lichtungen und schliefen unter Bäumen. Einen Augenblick lang sah Zaz Lukas und dem gemütlichen Herrn Müller hinterher, als die beiden verschwanden. Dann machte sie sich auf den Weg unter die Dusche, bevor sie ihrer Großmutter noch ein wenig in der Küche helfen würde.

Morgenritt mit Überraschung

Am nächsten Morgen wachte Zaz in der Morgendämmerung auf. Auf der Wiese vor der Pension lag ein leichter Nebel. Sie sah aus dem Fenster und erkannte die Umrisse von Monsun, die gemütlich grasend über die Lichtung lief. Die anderen Pferde konnte Zaz nirgends sehen. Das war allerdings nicht so ungewöhnlich: Monsun sonderte sich hin und wieder ab, um in ihrer Nähe zu sein.
Zaz wurde jetzt schon ganz merkwürdig zumute, wenn sie ans Ende der Ferien dachte. Wie würde die Stute es verkraften, wenn sie plötzlich nicht mehr da war? Zaz wohnte viele Kilometer entfernt und ihre Eltern würden

sie ganz bestimmt nicht jede Woche nach Donneracker fahren. Aber vielleicht erlaubten sie ihr ja, den Bus zu nehmen und möglichst viele Wochenenden bei ihrer Großmutter zu verbringen?
Zaz schüttelte den Kopf. Es machte keinen Sinn, jetzt schon über die Zeit nach den Sommerferien nachzudenken. Vor ihr lagen noch fast vier Wochen Urlaub, das erschien ihr im Augenblick wie eine Ewigkeit …
Schnell schlüpfte sie in ein T-Shirt, eine dünne lange Laufhose und ihre Sneakers und rannte möglichst geräuschlos die Treppe nach unten. In der Küche klaute sie zwei Äpfel – einen für Monsun, einen für sich selbst – und winkte Tine zu, die bereits das Frühstück für die Frühaufsteher unter den Pensionsgästen herrichtete.
Tine zog eine Augenbraue nach oben. „Was ist denn mit dir los? Bist du aus dem Bett gefallen?"
„Ich konnte einfach nicht mehr schlafen", winkte Zaz ab. „Der Morgen ist doch viel zu schön, um ihn im Bett zu verbringen!"
Tine lächelte. „Da hast du recht. Viel Spaß da draußen."
Als Zaz auf die Wiese trat, sah Monsun ihr aus großen schwarzen Augen erwartungsvoll entgegen.

Zaz streckte die Hand aus und die Stute kam langsam näher und drückte ihre Stirn gegen die Hand. Als würden sie einen geheimen Pakt schließen, blieben sie so eine Weile stehen. Mit geschlossenen Augen genoss Zaz das Vertrauen des Pferdes und atmete den warmen Geruch ein.
Dann zog sie die Äpfel hervor, biss von einem ab und reichte Monsun den Rest. „Wie sieht es aus? Lust auf einen kleinen Spazierritt? Nur wir beide?"
Sie konzentrierte sich auf das geschmeidige Aufspringen – und lag dann doch wieder bäuchlings über dem Pferderücken, bis es ihr gelang, das Bein über die Kruppe zu ziehen und sich mühselig aufzurichten. An ein Aufspringen in irgendeiner Gangart war da nicht zu denken!
Im Schritt lenkte Zaz das Pferd langsam durch den Wald, der ihr an diesem Morgen wie verzaubert erschien. In den Schneisen hingen noch Nebelfetzen, die Blätter und Gräser waren taufeucht, einige Spinnweben glitzerten im ersten Sonnenlicht. Neben dem Gesang der Vögel war nur der leise Hufschlag zu hören. Zaz schloss wieder die Augen und konzentrierte sich nur auf die Bewegung unter sich. Es fühlte sich vertraut an.

Unwillkürlich hatte sie wieder den Weg zu dem kleinen See eingeschlagen. Monsuns Hufe platschten durch das Wasser. Als es ihr bis zum Bauch reichte, senkte sie den Kopf und trank mit großen Schlucken.

Die Sonne stand inzwischen höher und der Morgennebel löste sich allmählich auf. Nachdenklich sah Zaz wieder zwei Enten zu. Waren es dieselben wie gestern?

Plötzlich hatte sie eine Idee. Was, wenn sie die Sache mit dem Aufspringen hier im Wasser übte? Wenn Monsun so tief wie jetzt stand, dann musste es doch sehr viel leichter sein? Ohne lange nachzudenken, zog Zaz Sneakers und Socken aus und warf sie im hohen Bogen ans Ufer. Dann ließ sie sich ins Wasser gleiten. So früh am Morgen kam es ihr allerdings sehr viel kälter vor … Um sich erst einmal an die Temperatur zu gewöhnen, machte sie einige Schwimmzüge in Richtung der Mitte des Teiches. Ihre Haut prickelte.

Zu ihrer Überraschung zögerte Monsun keine Sekunde, sondern schwamm an ihrer Seite mit. Fast wirkte es auf Zaz, als ob Monsun ihr anbot, sich wieder an die Mähne zu hängen. Sie lachte leise. „Heute muss ich mich mal selber bewegen. Ist ja ganz schön schattig, oder?"

Gemeinsam drehten sie eine Runde und erreichten wieder festen Boden unter den Füßen. Zaz griff in Monsuns Mähne. „Und jetzt halt mal still ...“

Gehorsam blieb Monsun stehen. Probeweise zog Zaz an der Mähne und schwang sich dann nach oben. Tatsächlich ging das im Wasser sehr viel leichter. In der nächsten Stunde sprang sie beharrlich immer wieder auf – so lange, bis sie endlich im Schritt ab- und wieder aufspringen konnte.

Es war schon heller Tag, als Zaz bemerkte, dass sie inzwischen vor Kälte zitterte und dazu auch noch kräftig Hunger hatte. „Ich glaube, wir müssen erst einmal zurück in die Pension!“, erklärte sie Monsun. „Ohne ein Müsli mache ich heute gar nichts mehr.“

Zaz setzte sich ans Ufer, wischte sich Sand und Erde von den Füßen und zog sich Socken und Sneakers an.

Während sie sich die Schnürsenkel band, flog mit einem Schlag Monsuns Kopf nach oben. Mit straff gespannten Ohren sah sie ins Unterholz und schnaubte. Jeder Muskel unter dem feinen Fell war gespannt.

„Was hast du denn?“ Zaz sprang auf und stellte sich neben das aufgeregte Pferd. Sie legte ihr eine Hand auf die

Seite und konnte spüren, wie das Herz der Stute klopfte. Irgendetwas musste sie wirklich beunruhigen. Völlig reglos blieben sie so stehen. Dann schnaubte Monsun noch einmal, drehte sich um und galoppierte davon.
Entgeistert sah Zaz ihr hinterher. „Echt jetzt? Ich soll den ganzen Weg nach Donneracker laufen?“ Sie seufzte. „Wahrscheinlich ist es sowieso höchste Zeit, dass ich wieder mit meinem Lauftraining anfange. Immer nur reiten, das macht ja faul …“
Sie setzte sich in einen leichten Laufschritt. Durch die höher steigende Sonne und die Anstrengung trockneten ihre Hose und das Shirt schnell und ihr wurde warm. Außerdem machte sich der Hunger immer stärker bemerkbar und ihr Magen fing an, laut zu knurren.
Es dauerte bestimmt eine Stunde, bis Zaz Donneracker endlich erreichte. Auf einem Weg begegneten ihr die ersten Pensionsgäste, die eine kleine Wanderung durch den Wald machten. Sie winkte ihnen grüßend zu und sprintete die letzten Meter zur Terrasse vor der Pension. Die Langschläfer unter den Pensionsgästen saßen noch an einigen Tischen und Zaz rannte direkt zum Frühstücksbuffet im Inneren.

„Hallo, Tine!“, rief sie in Richtung der Küche. „Ich bin wieder da! Kann ich mir noch etwas zu essen nehmen?“
„Bedien dich!“, erklang Tines Stimme.
Zaz schnappte sich ein Brötchen, eine Schale Müsli und einen großen Kakao und setzte sich an einen freien Tisch auf der Terrasse. Dabei nickte sie den anderen Gästen möglichst freundlich zu. Die meisten lächelten. Nur eine ältere Frau, die alleine an einem Tisch saß, starrte missmutig vor sich hin. Offensichtlich hatte sie keinen Spaß und genoss die Tage in Donneracker überhaupt nicht. Warum fuhren solche Menschen überhaupt in den Urlaub?
„Ich setze mich zu dir!“, unterbrach Tine die Gedanken ihrer Enkelin. „Wo warst du denn heute so früh? Und warum bist du zu Fuß nach Hause gekommen?“
„Joggen ist doch auch mal gut“, grinste Zaz. „Aber tatsächlich ist Monsun abgehauen, als sie ein gefährliches Geräusch aus einem Busch gehört hat. Ist ja auch nicht schlimm … Sie ist eben ein bisschen schreckhaft. Blöd war nur, dass ich dann trotzdem den Helm tragen musste.“
Tine sah den abgeschabten Helm an, der jetzt auf einem

Stuhl lag. „Ich kann immer noch nicht glauben, dass du das alte Ding deines Vaters trägst. Es gibt doch so viel schönere … Hat deine Mutter dir nicht einen neuen gekauft?“

„Quatsch. Der hier bringt mir Glück“, verteidigte Zaz das abgewetzte Ding. Dann fiel ihr ein, was sie Tine gestern schon hatte fragen wollen. „Sag mal, in der alten Scheune ist ja auch eine Wohnung. Zumindest sieht es so aus. Wer hat denn da gewohnt?“

Eine abwehrende Handbewegung war die Antwort. „Vor einer kleinen Ewigkeit, da hatten wir einen Verwalter. Der wohnte in dieser Wohnung. Aber wer will schon dauerhaft hier im Wald leben? Unsere Bezahlung war auch nicht so großartig. Und dein Großvater konnte die meisten Sachen selber erledigen, da brauchten wir eigentlich keinen Mann, der uns alles in Ordnung hält.“

„Sieht aber schön aus da oben“, beharrte Zaz. „Wäre doch toll, wenn man das wieder in Ordnung bringen würde. Und vielleicht kannst du die Wohnung dann auch vermieten und damit ein bisschen Geld verdienen!“

„Wenn du weißt, wie es geht, dann tu dir keinen Zwang an: Leg los! Aber ich habe jetzt schon mehr Zimmer, als ich vermieten kann. Das Letzte, was ich brauchen kann, sind zusätzliche Räume, in denen sich der Staub fängt!", lachte Tine. „Falls ich das allerdings richtig gehört habe gestern, dann habt ihr schon einige Probleme damit, auch nur den alten Schäferkarren wieder in Ordnung zu bringen. Oder stimmt das nicht?"

Zaz schlug sich mit der flachen Hand gegen die Stirn. „Das habe ich doch glatt vergessen! Wir haben uns heute am Karren verabredet, um ihn endlich auf Vordermann zu bringen. Wie spät ist es denn?"

„Noch nicht einmal elf. Ich kann mir nicht vorstellen, dass die anderen schon alle zum Arbeiten angetreten sind." Tine lächelte ihrer Enkelin zu. „Möchtest du Werkzeug mitnehmen? Wenn du dich in der Scheune umsiehst, dann wirst du sicher Hammer, Nägel, Schrauben und vielleicht sogar einen Akkuschrauber finden. Ob der allerdings geladen ist …? Ich würde nicht drauf wetten. Trotzdem: Besser, ihr habt ein paar Sachen da, wenn ihr mit dem Wagen loslegt."

Zaz war schon auf dem Weg Richtung Scheune. „Danke! Ich schau mich gleich mal um. Kann ich die Sachen dann erst mal am Karren lassen? Bis wir fertig sind?"

„Sicher“, nickte Tine. „Ich bin ganz bestimmt nicht so erpicht auf Handwerkertätigkeiten und das ist schlimm genug … Hier gäbe es wirklich ausreichend Baustellen, um die ich …“

Zaz hörte das Ende des Satzes nicht mehr – sie war schon in Richtung Scheune unterwegs.

Handwerker dringend gesucht

Während Tine wieder in ihre Pension verschwand, durchwühlte Zaz die Schränke in der Scheune. Nägel und Schrauben, Hammer, Zange, Säge und Schraubenzieher – sie legte alles fein säuberlich auf einen Haufen, den sie dann später in ihren Rucksack packen und mitnehmen wollte. Auf der Suche nach dem Akkuschrauber zog sie mehrere Schubladen einer Kommode auf. Sie öffneten sich ohne Probleme, so als wären sie gestern noch in Gebrauch gewesen. Aber leider fanden sich in den ersten drei Schubladen nur Staub, einige tote Spinnen und kleine braune Krümel, die Zaz für Mäusekot hielt.

„Igitt“, murmelte sie und zog die nächste Lade mit einem Ruck auf. Auch hier kein Akkuschrauber, sondern ein gerahmtes Bild. Neugierig nahm sie es heraus, wischte den Staub vom Glas und sah ein verblasstes Foto. Ein nicht mehr ganz junger Mann lachte sie an, an jeder Hand einen Führstrick mit einem Pferd.

Zaz runzelte die Stirn. Das Gesicht hatte sie schon einmal im Familienalbum gesehen. Ihr Großvater Felix. Er hatte Donneracker gekauft und hier die Pension aufgebaut. Und auch gleich die ersten Pferde angeschafft. Das eine Pferd war schwarz, hatte eine lange Mähne und blitzende Augen. War das etwa Feuertanz? Zaz schüttelte den Kopf. Dann wäre er ja schon uralt. Vielleicht hatte Felix ja selber ein Fohlen gezüchtet. Oder ein weiteres Pferd von derselben Rasse gekauft? Sie musste Tine irgendwann genauer nach den Pferden ihres Großvaters fragen. Er war seit einigen Jahren tot, aber niemand hatte jemals viele Worte über ihn verloren.

Zaz musterte seine lachenden Augen auf dem Foto und spürte ein leises Gefühl von Traurigkeit. Sie hatte ihn nie kennengelernt, aber vielleicht hätte sie einiges von ihm lernen können. Vor allem über Pferde.

Sie strich ein letztes Mal über das Bild, legte es zurück an seinen Platz und sah sich dann noch einmal um. Richtig, da lag der Akkuschrauber auf einem Stuhl. So als hätte er die ganze Zeit darauf gewartet, entdeckt zu werden. Zaz schnappte ihn und drückte versuchsweise auf den Knopf. Kein Ton. Dieses Teil musste sie wohl an eine Steckdose hängen, bevor sie es mitnehmen konnte.

Schnell holte sie den Rucksack aus der Pension, um ihre Schätze zum Wagen zu bringen. Als sie aus der Tür trat, bot sich ihr ein merkwürdiges Bild: Zwei Frauen auf der Wiese vor der Pension streckten einen Apfel auf der flachen Hand aus und versuchten Monsun anzulocken.

„Jetzt komm schon her, Pferdchen. Komm!“, zwitscherte die eine, während die andere sich langsam in Richtung der grasenden Stute bewegte. Monsun schnaubte nur leise und lief gelassen ein paar Schritte weiter. Gerade weit genug, damit sie nicht angefasst wurde.

Neugierig ging Zaz zu den beiden Frauen. Eine sah auf und winkte ihr zu. „Kennst du dich hier aus? Dieses Pferd muss ausgerissen sein. Es trägt kein Halfter, aber vielleicht können wir es mit dem Apfel anlocken und es folgt uns. Wo kann es nur zu Hause sein?“

„Keine Sorge, alles ist in Ordnung", sagte Zaz mit breitem Lächeln. „Sie trägt nie ein Halfter und gehört hier zu Donneracker. Also ist sie nicht ausgerissen, sondern genau da, wo sie sein soll."

Die beiden sahen sie überrascht an. „Das gibt es nicht", erklärte die eine. „Pferde gehören auf eine Koppel oder in eine Box. Alles andere ist doch gefährlich. Was, wenn dieses Tier nach einem Gast in der Pension tritt?"

„Das tut sie nicht. Sie geht Menschen aus dem Weg. Wenn sie weiter hinter ihr herlaufen, dann verschwindet sie vielleicht im Wald. Aber sie wird ganz bestimmt nicht gefährlich. Sie müssen sich also keine Sorgen machen."

Zaz schwang sich ihren Rucksack auf den Rücken, stellte sich an Monsuns Seite und kletterte halbwegs elegant nach oben. Das Training vom Morgen hatte sich ausgezahlt.

Möglichst freundlich winkte sie den beiden Frauen zu. „Ich mache jetzt einen kleinen Ausritt. Aber vielen Dank, dass Sie sich so sehr um mein Pferd gekümmert haben!"

Sie schnalzte leise mit der Zunge und Monsun setzte sich gehorsam in leichten Galopp in Richtung Wald. Zaz grinste. Sie konnte die Blicke der beiden Frauen in ihrem Rücken spüren. Eine Reiterin ohne Sattel und Zaumzeug … Sie erinnerte sich noch allzu deutlich an ihre erste Begegnung mit der Horde. Damals war sie sich nicht sicher gewesen, ob sie ihren Augen trauen konnte.

Am Karren warteten nur Lukas und Fee auf sie.
„Wo sind denn die anderen?“, rief Zaz und sprang von Monsuns Rücken.
„Was ist denn das für eine Frage?“ Lukas rollte mit den Augen. „Die müssen natürlich erst noch eine Runde durch den Wald preschen, bis sie sich hier um unseren Wagen kümmern können.“
Zaz hob den Rucksack vom Rücken. „Ich habe mir immerhin von Tine das nötige Werkzeug ausgeliehen. Damit sollten wir schnell vorwärtskommen. Vielleicht sollten wir erst einmal nachsehen, was es alles zu tun gibt?“
„Okay.“ Lukas nahm den Rucksack, lehnte ihn an den Karren und öffnete die Tür. Sie quietschte laut auf und blockierte.
„Das war doch gestern noch nicht so?“, wunderte sich Zaz.

„Nein. Aber das Ding verfällt uns jetzt unter den Fingern. Wir müssen endlich alle Schrauben anziehen und uns darum kümmern, dass nichts mehr wackelt." Mit einiger Mühe schob er die Tür so weit auf, dass er sich hineinquetschen konnte. Zaz öffnete währenddessen von außen die Fensterläden, von denen einer ganz schief in den Angeln hing. Licht fiel in das Innere des Wagens. Zaz ging hinter Lukas hinein.

Der leuchtende Anstrich sah gut aus. Aber das konnte nicht darüber hinwegtäuschen, dass es hier drinnen ohne die Kissen und Decken sehr leer aussah.

Versuchsweise griff Lukas an ein Regal, das sofort scheppernd zu Boden krachte. Mit einem Fluch sprang er zurück. „Hält hier denn wirklich gar nichts mehr? Was haben diese bescheuerten Radfahrer denn nur in den 14 Tagen mit unserem Karren gemacht?"

„Wahrscheinlich nichts", erklärte Fee, die an der Tür stehen geblieben war. „Mal abgesehen von dem Müll, den sie hier reingekippt haben. Aber ich kann mir vorstellen, dass es diesem alten Ding ganz schön zugesetzt hat, zweimal durch den Wald gezerrt zu werden. Der Karren war davor doch ewig nicht bewegt worden, oder?" Sie

hob die Schultern. „Aber ich kann das ja nicht sehen. Beschreibt doch mal, was alles kaputt ist."
Lukas blies seine Backen auf, als er sich umsah.
„Puh. Lass mal sehen … Die Tür klemmt, ein Fensterladen hängt schief nach unten, das kleine Regal ist gerade eben auf dem Boden in zig Teile zerbrochen." Er ging zu einer Kiste, klappte sie auf und sah hinein. „Von unseren Vorräten ist nichts mehr da, aber die waren natürlich einfach viel zu lecker." Erklärend wandte er sich an Zaz. „Da hatten wir immer was zu trinken, Kekse und ein bisschen Schokolade drin. Damit wir hier auch mal was essen können." Er sah sich suchend um. „Ansonsten ist es hier ganz schön leer. Also, womit fangen wir an?"
In diesem Moment hörten sie draußen lauten Hufschlag. Arpad und Ann-Sophie kehrten von ihrem Ausritt zurück. Die beiden kamen lachend und verschwitzt in den Wagen.
„Na, was ist der Plan?", rief Arpad.
Zaz musterte ihn. „Plan? Das wäre etwas viel. Wir sollten wohl einfach loslegen und darauf hoffen, dass wir doch nicht so schrecklich unbegabt sind, wie wir gestern alle behauptet haben."

Lukas bückte sich und sammelte die Einzelteile des Regals auf. „Ich nehme das mit nach Hause und schaue mal, ob ich irgendwo eine Anleitung oder ein Video finde, wie man so ein Ding baut. Um den Inhalt für unsere Kiste kann ich mich auch kümmern – die meisten Kekse esse ja doch ich."

„Super", nickte Arpad. Er griff an die Tür und rüttelte probeweise daran. „Ich schaue mir das hier mal genauer an. Es kann doch nicht so schwer sein, eine Tür zu reparieren, oder?"

Mit dem Fensterladen hatte Zaz ihre Aufgabe gefunden. Sie schraubte das Scharnier ab und kämpfte mit dem ausgerissenen Zapfen. Mühsam fingerte sie daran herum und schob schließlich alles wieder zusammen. Mit dem Schraubenzieher drehte sie neue Schrauben in die Wand des Karrens. „Tadah!", rief sie. „Ich glaube, das ist fertig!" Stolz trat sie einen Schritt nach hinten und betrachtete ihr Werk. Das hätte sie sich nicht zugetraut, wenn sie ehrlich war. Und noch bevor sie diesen Gedanken auch nur halb fertig gedacht hatte, senkte sich der Laden ächzend nach unten, verharrte kurz und brach dann endgültig aus seinen Scharnieren.

Zaz hätte in Tränen ausbrechen können.
Voll Zorn trat sie gegen einen Reifen.
„Das geht nicht! Dann bleibt das blöde Ding halt ohne Fensterläden. Muss ja nicht sein. Wer will schon, dass die zu sind? Macht es doch nur ungemütlich dunkel."
Wütend starrte sie die anderen an.
„Jetzt beruhige dich mal", murmelte Arpad. „Meiner Tür geht es nicht viel besser. Und ohne eine Tür kommen wir wohl kaum aus, oder? Ich habe ja gesagt, dass ich eine handwerkliche Niete bin."
Lukas stand nur kopfschüttelnd daneben. „Was machen wir denn jetzt?"
„Einen Handwerker beauftragen?", schlug Ann-Sophie vor.
„Und von welchem Geld sollen wir das tun, Prinzesschen?" Zaz hatte Mühe, nicht allzu böse zu klingen.
Ann-Sophie zuckte mit den Schultern. „Jetzt geh doch nicht auf mich los! Ich habe nur versucht, eine Lösung zu finden, nachdem wir alle seit einer Stunde an diesem Schrottding herumgespielt haben, ohne dass es auch nur einen Deut besser aussieht!"
„Aber Geld ist ziemlich sicher das eine, was wir nicht ha-

ben!“, rief Zaz. „Und du solltest den Karren nicht *Schrott* nennen. Immerhin mussten wir dafür ein Rennen gewinnen.“

„Jetzt beruhigt euch alle mal …“ Fee, die wieder einmal versuchte, für gute Stimmung zu sorgen. Aber dieses Mal wollte keiner auf sie hören.

Arpad trat entnervt gegen den Karren. Ein wenig von der frisch aufgetragenen Farbe blätterte ab.

Zaz holte schon Luft, um ihn zu beschimpfen, als sie merkte, dass die Pferde plötzlich von irgendetwas beunruhigt waren. Alle fünf hatten die Köpfe nach oben gerissen und starrten mit weit aufgerissenen Augen und geblähten Nüstern in Richtung des Waldes.

„Was haben …?“, fing Zaz an, als Feuertanz laut schnaubte, stieg und auf der Hinterhand kehrtmachte. Er floh vor dem, was er entdeckt hatte. Die anderen vier dachten keine Sekunde nach, sondern galoppierten wild schnaubend mit aufgestellten Schweifen hinter ihm her.

Überrascht sah die Horde ihren Pferden nach.

„Was kann da nur sein?“ Zaz schirmte ihre Augen mit der Hand ab und sah angestrengt in dieselbe Richtung

wie kurz zuvor die Pferde. Am Waldrand konnte sie allerdings nur Büsche, niedriges Gestrüpp und die ersten knorrigen Bäume entdecken.
„Wir sind hier nicht alleine“, flüsterte Fee.
„Und ausnahmsweise brauchen wir dafür nicht deine Supersinne“, knurrte Arpad. Mit entschlossener Miene marschierte er zum Waldrand, in dem sich, nach der Reaktion der Pferde zu urteilen, wahre Monster verbargen. Nach einer Weile kam er jedoch achselzuckend zurück.
„Keine Ahnung, was die Pferde da gesehen haben. Für mich sieht das so menschenleer und friedlich aus wie immer. Vielleicht war es ja nur ein wildes Tier, das die fünf so erschreckt hat. Ich habe gelesen, es soll inzwischen in jedem Wald verwilderte Hunde geben. Vielleicht machen ein paar davon sogar unsere Gegend unsicher.“
Er pfiff, um Feuertanz und die anderen wieder zu sich zu holen. Vergeblich. Nichts rührte sich auf dem Weg, auf dem sie verschwunden waren.
Arpad seufzte.
„So wie es aussieht, sind wir heute dazu verdonnert, unsere eigenen Beine zu benutzen. Mit dem Karren machen wir ein anderes Mal weiter, oder was meint ihr?“

„Das können wir doch sowieso nicht", murmelte Ann-Sophie. „Wenn kein Wunder passiert, dann bricht er uns unter den Händen zusammen. Sollen wir uns morgen nicht einfach zum Reiten verabreden?"

„Wenn wir uns wirklich anstrengen, dann kriegen wir den Karren trotzdem noch hin!", beharrte Lukas. „So schnell sollten wir nicht aufgeben! Am besten, ich schaue mir heute Abend ein paar Videos auf YouTube an und versuche dann morgen, das selbst hinzukriegen. Kann doch nicht sein, dass die Biker uns am Ende doch noch unseren Karren kaputt gemacht haben!" Er lächelte und deutete auf den Pferdekopf, den sie gemeinsam auf die Holzverkleidung gemalt hatten. „Und vor allem haben wir jetzt endlich ein cooles Zeichen für die Horde – das können wir auf keinen Fall einfach verrotten lassen."

„Sicher machen wir weiter." Arpad klang ausweichend. „Aber morgen früh machen wir trotzdem erst einmal einen echten Hordenritt durch den Wald! Wer ist dafür?"

Alle außer Lukas meldeten sich. Der schüttelte nur entnervt den Kopf und pfiff noch einmal nach seinem Herrn Müller. Aber der blieb wie die anderen Pferde vom Erdboden verschluckt.

Sie mussten sich also wohl oder übel zu Fuß auf den Nachhauseweg machen und konnten nur darauf hoffen, dass die Pferde morgen wieder auftauchen würden.

Gibt es Heinzelmännchen?

Ihre Sorgen waren völlig ohne Grund: Am nächsten Vormittag waren alle Pferde wieder genau da, wo sie immer auf ihre Reiter warteten. Monsun graste vor der Pension, die anderen Pferde dösten auf einer Lichtung, als Arpad und die anderen nach ihnen suchten. Nichts deutete mehr auf die Panik des Vortages hin. Oder auf das, was die Pferde im Wald gesehen hatten.

Es war schon fast Mittag, als sie einen weiteren wilden Ritt auf der Lichtung bei ihrem alten Karren beendeten. Tatsächlich war die Horde heute nur zu viert gewesen: Lukas war zum verabredeten Zeitpunkt nicht aufgetaucht – und auch Herr Müller war nicht bei den anderen Pferden auf der Lichtung gewesen.

Zur Überraschung der vier Reiter saß Lukas wartend vor dem Karren und sah ihnen entgegen, während sein Müller gemütlich ein paar Grashalme kaute. Als Lukas sie sah, sprang er auf und winkte ihnen zu. „Ihr werdet nicht glauben, was hier passiert ist!"

Arpad ließ sich von seinem Feuertanz gleiten und lachte Lukas an. „Du hast einen super Ritt verpasst! Hast du in der Zwischenzeit den Karren etwa alleine repariert?"

„Als ob ich das könnte. Aber schaut mal …" Lukas zeigte auf den Fensterladen. Er saß ordentlich an seinem Platz. Nichts war mehr schief und wackelig.

Bewundernd strich Arpad über das Scharnier. „Und das hast du an einem einzigen Abend mit ein paar Videos gelernt? Das hätte ich dir gar nicht zugetraut!"

„Das war ja auch nicht *ich*!", rief Lukas. „Das sah schon so aus, als ich gekommen bin. Klar, ich wollte euch heute zeigen, was man als langweiliger Computer-Idiot alles im Netz lernen kann. Außerdem sind die Hordenritte mit Müller ohnehin eine Übung darin, euch alle von hinten zu sehen und irgendwie Schritt zu halten." Er lachte. „Aber als ich heute Morgen hier ankam, da war der Fensterladen schon repariert. Und probiert mal die

Tür aus – die lässt sich plötzlich wieder bewegen, als ob sie nie geklemmt oder gequietscht hätte!"
Alle sahen zu, als Arpad die zwei Stufen nach oben ging und die Türklinke nach unten drückte. Lautlos schwang die Tür auf.
„Das geht doch nicht mit rechten Dingen zu!" Zaz schüttelte den Kopf. „Irgendjemand hat sich an unserem Karren zu schaffen gemacht!" Sie sprang von Monsun und lief hinter Arpad her.
„Ja, sicher." Lukas zuckte mit den Achseln. „Aber derjenige hat dafür gesorgt, dass er jetzt in einem sehr viel besseren Zustand ist als vorher."
Neugierig ging Zaz in das Innere des Wagens. „Das Regal hängt auch wieder an seinem Platz", rief sie nach draußen. „Aber sonst sieht alles aus wie immer. Tines Werkzeug hat er auch nicht mitgenommen." Sie zog den inzwischen geladenen Akkuschrauber aus ihrem Rucksack und legte ihn zu den anderen Werkzeugen. „Den brauchen wir heute wohl nicht", murmelte sie dabei leise zu sich selbst.
Monsun war hinter ihr hergekommen und hielt jetzt neugierig ihren Kopf in den Karren. Zaz streichelte sie

liebevoll zwischen den Ohren, während sie sich weiter umsah.

„Es hat sich also jemand in unseren Karren geschlichen und heimlich alles Mögliche repariert?" Arpad zog ungläubig die Augenbrauen hoch. „Das gibt es doch nicht. Heinzelmännchen gibt es nun wirklich nur im Märchen!"

„Kann das nicht vielleicht deine Großmutter gewesen sein?", wollte Ann-Sophie wissen. „Vielleicht wollte sie uns heimlich einen Gefallen tun, das könnte doch sein?"

„Kann ich mir nicht vorstellen", entgegnete Zaz. „Wir haben uns erst gestern darüber unterhalten, dass sie kein handwerkliches Geschick hat. Sie hat mir ja genau deswegen erlaubt, die Werkzeuge allesamt mitzunehmen." Langsam kletterte sie aus dem Wagen und Monsun wich ihr nicht von der Seite.

„Wer auch immer es war, jetzt ist er nicht mehr hier – oder sie", meinte Fee. „Die Pferde sind nicht aufgeregt und ich kann auch nichts hören. Unser geheimnisvoller Helfer ist wieder verschwunden."

„Dann sollten wir vielleicht einfach nur dankbar sein." Arpad sah in die Runde. „Es könnte ja sein, dass uns jemand einen Gefallen tun wollte, oder?"

„Du glaubst noch an den Weihnachtsmann, oder?“, schnaubte Ann-Sophie. „Ich finde das unheimlich.“
„Unheimlich, wenn jemand freundlich ist? Nein. Das ist höchstens merkwürdig.“ Arpad schien das Thema damit für sich abgeschlossen zu haben. Er drehte sich Zaz zu. „Gibt es schon irgendwelche Fortschritte in Sachen Auf- und Abspringen?“
Zaz winkte ab. „Bis ich das kann wie einer von euch, dauert es bestimmt noch. Aber ich habe geübt. Im Wasser vom Teich, das klappt schon ganz gut. Ist nicht so schwer, wenn man es nicht von einer Wiese aus machen muss. Und es ist nicht so hart, wenn man immer wieder auf dem Hintern landet. Perfekt.“
Alle lachten. Jeder schien sich daran zu erinnern, wie man als Anfänger auf einem Pferd herumgerutscht war – und wie hoch die Rücken ihrer Tiere doch anfangs gewesen waren.
„Wie bist du denn zum Reiten gekommen, Arpad?“ Zaz sah ihn gespannt an. „Du siehst aus, als wärst du auf Feuertanz geboren. Aber das kann ja kaum sein …“
Verlegen fuhr Arpad sich durch seine schwarzen Haare. „Eigentlich ist das keine große Geschichte. Wenn es zu

Hause Stress gibt, dann bin ich schon immer abgehauen. Dabei habe ich irgendwann den Wald hier entdeckt. Da war ich zehn oder so. Und hier waren die Pferde unterwegs. Feuertanz, Müller und Monsun. Natürlich wusste ich da noch nicht, dass er Feuertanz heißt. Ich kannte die Fotos von Mongolen, die auf ihren Pferden die ganze Welt erobert haben. Also habe ich mich irgendwann auf Feuertanz draufgesetzt. Mir war damals nicht klar, dass andere Reiter so etwas nicht tun … Auf jeden Fall bin ich hundertmal hinuntergefallen. Oder öfter. Aber nach einiger Zeit konnte ich Feuertanz ungefähr sagen, in welche Richtung wir in welchem Tempo gehen wollen. Hat nicht immer geklappt. Aber immer häufiger. So hat das alles angefangen."

Neugierig sah Zaz ihn an. „Stress zu Hause? Passiert das oft?"

Ein Achselzucken war die Antwort. „Meine Mutter ist ganz okay. Für eine Pflegemutter, meine ich. Meine echten Eltern sind …" Sein Gesicht wurde ernst und er schüttelte den Kopf. „Ist ja auch egal. Auf jeden Fall will meine Pflegemutter immer ganz genau wissen, was ich wann mache. Mit wem ich mich treffe und ob ich in der Schule gut mitkomme und mich mit den anderen Jungs in der Klasse gut verstehe und so. Aber ich bin ja kein Baby mehr. Wenn ich unterwegs bin, dann vergesse ich schon mal die Uhr. Das war früher, in der Zeit vor Feuertanz, schon so. Und dann rastet sie aus. Schreit, dass sie die Verantwortung trägt und ich mich an die Regeln zu halten habe. Dass sonst ganz bestimmt das Jugendamt kommt und mich wieder ins Heim steckt." Er versuchte ein schiefes Lächeln. „Dabei ist das Blödsinn. Die sind froh, wenn sie mich nicht sehen."

„Seit wann bist du denn in deiner Familie?", fragte Zaz leise weiter. Sie konnte sich nicht ausmalen, wie es sich anfühlte, in einer fremden Familie zu leben. Sicher, sie hatte häufig Ärger mit ihren Eltern. Aber ein Leben ohne die beiden – das überstieg ihre Vorstellungskraft.

„Jetzt lass ihn doch in Ruhe!", mischte sich in dieser Sekunde Ann-Sophie ein. „Es geht doch keinen was an, wie Arpad sich in seiner Pflegefamilie fühlt! Ich will ja auch nicht, dass ihr von meinem Ärger zu Hause erfahrt."

„Das wollte …", versuchte Zaz einzuwerfen.

Doch Arpad war offensichtlich dankbar, dass es nicht mehr um seine Familie ging, und erzählte weiter: „Und irgendwann stand dann Lukas am Waldrand. Klein, dick und versessen drauf, auf Müller zu klettern. Um den hatte ich mich bis dahin gar nicht gekümmert. Der lief genauso mit wie Monsun. Immer auf Abstand, aber in Sichtweite."

„Hast du gerade *klein und dick* gesagt?" Lukas sah Arpad empört an.

Ein Schulterzucken war die Antwort. „Das ist doch die Wahrheit. Ist ja einige Jahre her."

„Auf jeden Fall sind wir dann zu zweit geritten", erzählte Lukas. „Und dann ist deine Oma uns auf die Spur gekommen, aber den Teil der Geschichte kennst du ja schon."

„Aber … wie bist du denn auf Müller raufgekommen?" Zaz sah Lukas fragend an. „Wenn du klein und dick warst, dann ist das doch nicht einfach."

„Jetzt fängst du auch noch mit *klein und dick* an!", schimpfte Lukas. „Stimmt doch überhaupt nicht. Aber ansonsten hast du recht: Ich war ganz schön drauf angewiesen, dass Müller mich auf seinem Rücken haben wollte. Eigentlich habe ich bis heute das Gefühl, dass er sich fast unter mich schiebt, wenn ich aufspringe. Klingt komisch, ist aber die Wahrheit, ganz bestimmt."

„Das kenne ich", stimmte Fee ihm zu. „Ich greife Luna in die Mähne und springe hoch. Und sie – ich weiß nicht, wie ich es beschreiben soll. Aber es fühlt sich an, als ob sie sich bemüht, genau da zu sein, wo ich lande. Aber ich kenne sie natürlich schon ewig. Meine Eltern haben sie mir geschenkt, da war ich sieben oder acht Jahre alt. Sie wollten, dass ich wie ein ganz normales, gesundes Kind aufwachse. Mit einem Pferd haben sie es mir möglich gemacht, auch mal auszureiten oder im Wald zu sein, ohne immer mit diesem Blindenstock herumzufuchteln."

„Aber wie war es am Anfang?" Langsam bekam Zaz das Gefühl, dass keiner ihr weiterhelfen konnte.

Fee legte nachdenklich den Kopf zur Seite. „Na ja, am Anfang habe ich ja noch Sattel und Zaumzeug verwendet. Und ich hatte eine Reitlehrerin, die mich an eine Longe genommen hat. Es war erst später, dass ich hier im Wald Arpad und Lukas kennengelernt habe – und mitbekommen habe, dass sie keine Hilfsmittel brauchen. Als ich dann den Sattel weggelassen habe, da konnte ich schon ganz gut reiten. Aufspringen war nie ein Problem."

„Ich kann dir auch nicht helfen", mischte sich jetzt Ann-

Sophie ein. „Üben, üben, üben. Du willst im Augenblick einfach ein bisschen viel auf einmal. Jeder von uns hat Jahre gebraucht, bis er sich auf dem Pferderücken sicher bewegt hat. Du möchtest alles in diesen kurzen Sommerferien lernen – das geht aber nicht! Du kannst bei uns mithalten und das ist schon total beeindruckend. Ehrlich. Aber von jetzt an: Du musst üben." Sie drehte sich um und pfiff leise nach ihrem Kronos. „Ich muss jetzt nach Hause. Treffen wir uns morgen wieder?"

Die anderen nickten und jeder schwang sich auf sein Pferd. Ann-Sophie warf einen letzten Blick auf den Karren.

„Vielleicht erfährt einer von uns, wer unseren Wagen repariert hat. Kannst du nicht doch bei Tine nachfragen?" Sie sah Zaz an. „Möglicherweise wollte sie uns doch überraschen und hat jemanden beauftragt ..."

Zaz kletterte auf Monsuns Rücken, richtete sich auf und sah dann Ann-Sophie mit einem Schulterzucken an. „Ich kann sie gerne fragen – obwohl ich nicht glaube, dass sie für so etwas jemanden wüsste. Sonst würden in der Pension nicht so viele Türen quietschen oder Stühle wackeln. Noch viel weniger hat sie das Geld, um das machen zu lassen. Weder in der Pension noch hier im Wald. Aber vielleicht hat sie ja eine Idee."

Sie drückte Monsun die Fersen in die Seite und machte sich im lockeren Trab auf den Weg zurück nach Donneracker. Ein Stück ritt sie noch mit der Horde Richtung Waldrand und verabschiedete sich dort mit einem letzten Winken von den anderen, dann war sie alleine.

Der Wald war in dieser Gegend ganz hell und licht. Mit einigem Abstand voneinander standen hier verdrehte Akazien. Die Schatten ihrer Blätter malten ein Muster auf den grasigen Boden. Wenn es einen Ort gab, an dem nachts die Elfen tanzten, dann musste das hier sein. Einige Tritte lang schloss Zaz die Augen und genoss das Gefühl, gemeinsam mit Monsun unterwegs zu sein. Sie spürte die Sonne auf ihrem Gesicht und hörte die Vögel, die sich gegenseitig etwas von diesem schönen Sommertag erzählten. Zumindest nahm Zaz das an.

Sie öffnete die Augen wieder und sah nach unten. Der Trab war nicht sehr schnell, sie konnte es wagen. Zaz nahm ihren Mut zusammen, schwang ihr Bein über Monsuns Kruppe und landete seitlich neben Monsun, stolperte nur kurz auf dem weichen Grasboden und lief dann einige Schritte neben ihr her. Dann griff sie wieder in die Mähne der Stute und sprang nach oben … hing einen Moment lang wie ein nasser Sack an Monsuns Seite und rutschte dann ab, während Monsun stehen blieb. Zaz tätschelte ihrer Stute den Hals. „Du hast alles richtig gemacht. Ich muss das nur noch besser lernen."

Im Stehen kletterte sie wieder auf Monsuns Rücken, trabte an und sprang noch einmal hinunter. Sie kam schon sehr viel geschickter auf und stolperte nicht. Nach wenigen Schritten sprang sie wieder vom Boden ab und zog sich gleichzeitig an der Mähne nach oben. Dieses Mal landete Zaz tatsächlich auf Monsuns Rücken. Bäuchlings. Sie brauchte einige Schritte, bis es ihr gelang, wieder ein Bein auf die andere Seite zu schwingen und sich aufzurichten – aber immerhin: Sie war auf ein trabendes Pferd gesprungen!

Überglücklich tätschelte sie Monsun den Hals. „Das klappt noch. Und zwar in diesen Sommerferien. Egal, was Ann-Sophie sagt!"

Während aus dem hellen Akazienwald ein dichterer Tannenwald wurde, versuchte Zaz es weiter mit dem Ab- und Wiederaufspringen. Und als sie den Waldrand erreichte

und die Pension sah, klappte es schon gar nicht schlecht. Sicher, sie brauchte immer einige Trabtritte, bis sie nach dem Aufspringen wieder ordentlich auf Monsuns Rücken saß. Und bis jetzt funktionierte das auch nur im Trab. Aber alles andere würde sie auch noch hinkriegen.
Angekommen in Donneracker, lief sie sofort in ihr Zimmer. Einem älteren Ehepaar auf der Treppe winkte sie freundlich zu und wenig später stand sie unter der Dusche.
Es wurde Zeit, dass Zaz für die Schule lernte – und das wollte sie unbedingt vor dem Abendessen erledigen. Heute hatte Lukas keine Zeit, ihr etwas zu erklären. Aber vielleicht hatte sie in den letzten Tagen genug begriffen, um jetzt selbstständig voranzukommen.
Mathematik erwies sich als sehr viel aufwendiger, als Zaz geplant hatte. Irgendwie schienen sich die Zahlen bei ihr nie so harmonisch ineinanderzufügen, wie sie es bei Lukas taten. Seufzend und schimpfend machte sie irgendwann die Bücher zu. Was tat sie nicht alles, damit ihre Eltern sahen, dass Donneracker wirklich einen guten Einfluss auf sie hatte …? In Momenten wie diesen war sie sich allerdings nicht sicher, ob dieser Plan aufgehen würde.

Hungrig lief Zaz nach unten und rannte in die Küche. Hier fand sie Tine, die wieder einmal ganz alleine fürs Kochen und Bedienen zuständig war. Zaz griff nach ein paar Salattellern, die schon bereitstanden. „Wer bekommt die?"

„Das Ehepaar direkt an der Tür. Sag ihnen, dass ihr Schnitzel auch gleich fertig ist."

In den letzten beiden Wochen war aus Tine und Zaz ein eingespieltes Team geworden. Tine schob ihr die Teller zu und Zaz bediente mit einem Lächeln die wenigen Pensionsgäste. An diesem Abend waren es nur drei Ehepaare, die einsame Dame, die immer noch missmutig blickte, und die beiden Frauen, die am Vortag Monsun einfangen wollten. Diese beiden strahlte Zaz besonders freundlich an.

Das wurde jedoch nicht erwidert. „Und wo ist dein Pferd jetzt?", fragte eine von beiden streng.

Zaz machte eine vage Bewegung in Richtung des Waldes. „Sie schlägt sich jetzt dahinten auf einer Lichtung den Bauch mit Gras voll. Denke ich. Die Pferde sind hier recht frei unterwegs …"

„Und da ist noch nie etwas passiert?" Die zweite Frau

runzelte die Stirn. „So ein frei laufendes Pferd könnte doch einen Wanderer im Wald verletzen, nicht?"
Zaz sah die Frau überrascht an. „Nein. Warum sollte ein Pferd so etwas tun? Meistens verschwinden die Pferde, wenn sich ihnen ein fremder Mensch nähert. Ich würde mich wundern, wenn Sie bei einer Wanderung eines von ihnen zu Gesicht bekommen."
„Die Pferde? Sind da etwa mehr als nur deins?"
Zaz biss sich auf die Lippen. Sie hatte ganz vergessen, dass diese beiden Frauen bisher nur Monsun gesehen hatten – und ganz bestimmt nicht von noch mehr frei laufenden Pferden ausgegangen waren.
Zum Glück tauchte in diesem Augenblick Tine auf, die von Tisch zu Tisch ging und bei ihren Gästen nachfragte, ob das Essen zu ihrer Zufriedenheit sei. Sie kam auch an den Tisch der beiden Frauen, bei denen Zaz gerade stand. Sie ergriffen gleich ihre Gelegenheit. „Wir haben uns in diesem Augenblick gefragt, ob die frei laufenden Pferde nicht eine Gefahr für die Wanderer darstellen", wiederholte die eine ihre Frage.
„Und wie viele sind es denn überhaupt?", fügte die andere hinzu.

Tine winkte ab. „Das sind ja keine wilden fleischfressenden Tiere. Unsere Pferde sind allesamt Reittiere. Der Wald ist allerdings so groß und die Lichtungen mit dem Gras so verstreut, dass es sich einfach nicht lohnt, alles einzuzäunen und die Pferde herumzuführen. Nein, so ist es sehr viel leichter. Die Kinder, die sich um die Tiere kümmern, müssen ohnehin nur pfeifen und dann tauchen ihre Pferde auf. Nicht wahr, Zaz?"
Zaz lachte. „Beim Pfeifen bin ich mir nicht so sicher. Hin und wieder bleiben die Pferde lieber bei ihrem Büschel Gras, um die Wahrheit zu sagen."
Die beiden Frauen fanden Zaz' Bemerkung offenbar nicht lustig. Sie schüttelten den Kopf und wandten sich ihrem Essen zu.
Tine und ihre Enkelin verschwanden in der Küche, wo Zaz nun auch etwas essen wollte.
„Wie sind die beiden denn dem Geheimnis unserer Pferde auf die Schliche gekommen?", wollte Tine wissen.
Aus einem der Töpfe schaufelte Zaz Kartoffeln und Gulasch auf ihren Teller. Sie zuckte mit den Schultern. „Die haben gestern früh Monsun entdeckt. Wollten das *ausgerissene* Pferd mit einem Apfel anlocken. Und ich habe

mich gerade eben verplappert und von *Pferden* gesprochen. Jetzt wissen sie, dass da draußen noch mehr zu finden sind. Denkst du, es gibt Probleme deswegen?"

„Nein. Es ist ungewöhnlich, wenn Pferde völlig ungebunden durch den Wald springen. Da sind sie eben neugierig." Tine sortierte die Teller in die Spülmaschine ein und wandte sich dann wieder Zaz zu. „Und sonst? Ist alles in Ordnung mit dir und den anderen?"

„Sicher", nickte Zaz. „Aber wir haben eine Frage: An unserem Karren hat jemand herumgeschraubt …"

Tine holte erschrocken Luft. „Haben sich etwa schon wieder diese Biker …?"

„Nein, nein!" Zaz hob beschwichtigend die Hände. „Das hast du falsch verstanden: Ich meine, dass jemand in dem Wagen alles Mögliche repariert hat. Die Tür öffnet sich wieder ohne Quietschen, der Fensterladen hängt nicht mehr schief in den Angeln und sogar das Regal ist wieder an seinem Platz an der Wand. Kann es sein, dass du jemanden beauftragt hast, uns zu helfen? Das hatten wir nämlich dringend nötig. Wir hatten uns schon fast in die Haare gekriegt, weil keiner von uns auch nur einen Hammer richtig schwingen kann. Also: Falls du da jemanden hingeschickt hast, dann wollten wir uns bei dir bedanken!“

Nachdenklich sah Tine ihre Enkelin an. „Das wäre wirklich sehr nett von mir. Aber, um ehrlich zu sein: Ich habe niemanden, den ich zu eurem Karren schicken könnte. Wenn es jemanden gäbe, der das kann, dann würde hier in Donneracker so einiges weniger schlimm aussehen. Nein: Wer auch immer da geholfen hat, der kam leider nicht von mir. Und sonst habt ihr keine Idee, wer das sein könnte?“

„Nein, keiner von uns. Bei den anderen wissen die Eltern ja nicht einmal von diesem Karren. Die würden uns also auf keinen Fall helfen!“ Zaz sah Tine fragend an. „Das ist doch unheimlich oder etwa nicht?“

„Ja.“ Stirnrunzelnd lief Tine in der Küche auf und ab. „Und es kann nicht sein, dass einer von diesen Fahrradfahrern im Wald ein schlechtes Gewissen hat und euch deswegen hilft? Die schrauben doch ständig an ihren Rädern herum und sind ziemlich geschickt. Wie hieß der Junge noch, der dich vor zwei Wochen hier abgeholt hat? Tim?“

„Er hieß Ty. Und ich bin mir sicher, dass er nichts gemacht hat. Er und seine Freunde haben den Karren doch kaputt gemacht!" Zaz schüttelte den Kopf. „Das mit dem schlechten Gewissen kann ich mir nicht vorstellen."

„Ach, dieser Ty fand dich doch ganz nett ... Vielleicht ist das seine Art, sich zu entschuldigen." Tine sah Zaz aufmunternd an. „Frag ihn doch einfach mal. Weißt du, wo er ist?"

„Im Wald wird er nicht mehr sein, immerhin hat Ty das Rennen gegen uns verloren. Und deshalb musste er mit seinen Bikern den Wald verlassen." Noch während sie das sagte, merkte Zaz, dass sie sich nicht sicher war, ob es auch stimmte. Seit dem Rennen war sie kein einziges Mal in der Burg, dem Lager der Biker, gewesen. Vielleicht lohnte es sich doch, da mal vorbeizureiten?

Sie sah Tine mit einem Grinsen an. „Aber vielleicht hast du ja doch recht. Außer einem Heinzelmännchen würde mir sonst auch niemand mehr einfallen, der uns den Karren herrichten würde."

Alte Bekannte

Vorsichtig lenkte Zaz Monsun am nächsten Morgen durch den Wald. Diesen Weg war sie schon länger nicht mehr geritten. Er führte direkt zu dem verlassenen Lager der Biker.

Das heißt: Sie hatte keine Ahnung, ob es wirklich verlassen war. Keiner der Horde hatte das nachgeprüft. Sie waren viel zu glücklich über ihren Sieg und hatten sich in den letzten Tagen lieber an ihren ungestörten Ritten durch den Wald begeistert.

Als sie um die letzte Wegbiegung kamen, fing Monsun an zu tänzeln. Beruhigend legte Zaz eine Hand auf ihren Hals. Spürte die Stute etwas, was ihr Angst machte? Oder erinnerte sie sich nur an all das, was hier geschehen war?

Langsam stieg Zaz ab und ging über das Gelände. Es war leer. Plastikplanen, Matratzen, Lautsprecher: alles weg. Nur die Feuerstelle erinnerte noch an die einstige Bikerburg. Zaz stocherte ein wenig in der Asche, aber sie war schon lange kalt.

Sie warf einen Blick in den Schuppen, in dem noch letzte Woche die Fahrräder gestanden hatten. Leer. Dann machte sie sich auf den Weg zu der Trainingsstrecke der Radfahrer.

Die Betonblöcke, Hindernisse und auch der Erdhügel lagen unberührt da. Zaz schnaubte. Sollten die Biker ihren Beton nicht auch entfernen? War das nicht Teil ihrer Vereinbarung? Irgendwie war es klar, dass sich keiner daran halten würde.

Monsun, die hinter ihr herlief wie ein treuer Hund, senkte den Kopf und schnaubte. Neugierig kniete Zaz sich hin, um die Entdeckung der Stute genauer anzusehen: Im weichen Erdboden zeichnete sich die Reifenspur eines Fahrrades ab. Ganz offensichtlich war diese Spur höchstens einen Tag alt, sonst wäre sie längst wieder verschwunden.

Nachdenklich legte Zaz eine Hand in die Spur. „Was

meinst du, Monsun? Gehört die Spur vielleicht doch zu Ty? Treibt er sich hier immer noch rum und möchte sich bei uns allen beliebt machen, indem er uns den Karren in Ordnung bringt?“ In Gedanken versunken stand sie wieder auf und klopfte die Erde von ihrer Hose. „Aber was hätte er davon, wenn wir alle nicht wissen, wer unser Heinzelmännchen ist?“

Sie griff in Monsuns Mähne und schwang sich gedankenversunken nach oben. Erst als sie sich aufrichtete, wurde ihr plötzlich klar, dass sie zum ersten Mal nicht nach oben gekrabbelt war, sondern sich fast so selbstverständlich bewegt hatte wie die anderen Reiter der Horde. Stolz lächelnd forderte sie Monsun auf, mit ihr zum Karren zu laufen. Die beiden setzten sich erst in Trab und dann in einen leichten Galopp. Zaz genoss diese Momente: Es fühlte sich fast so an, als könnte sie auf dem Rücken des Pferdes fliegen.

Viel zu schnell waren sie am Schäferkarren, vor dem Herr Müller und Luna einträchtig nebeneinander grasten.

„Lukas? Fee?“ Rufend lief Zaz um den Wagen.

Ein Fensterladen schwang auf und Lukas’ Gesicht tauchte auf. „Hallo! Wir dachten, dass du mit Ann-Sophie und

Arpad unterwegs sein würdest. Die beiden wollten heute mal nachsehen, was in den entlegeneren Lichtungen von unserem Wald los ist. Vielleicht entdecken sie ja irgendwo Spuren unseres geheimnisvollen Handwerkers ..."
Zaz streckte ihren Hals, um an Lukas vorbei in den Karren zu sehen. „Und? Hat er wieder etwas repariert?"
„Worauf du dich verlassen kannst!", nickte Lukas. „Dieses Mal hat er sich um unsere Inneneinrichtung gekümmert. Der kleine Schrank, unser windschiefer Tisch und die knarrenden Bodenbretter sind alle wieder bombenfest. Nur dein Akkuschrauber ist jetzt leer, den hat er wohl dringend gebraucht bei seinen Unternehmungen ..."
Zaz sprang von Monsuns Rücken, streichelte ihr noch einmal über die weiche Nase und ging dann die wenigen Stufen zum Karreneingang nach oben. Als sie hineinkam, sah sie, dass Lukas und Fee es sich richtig gemütlich gemacht hatten: Auf dem Tisch standen eine Packung Kekse, eine Flasche Apfelsaft und zwei Becher. Zaz angelte einen der Kekse aus der Packung. „Und? Gibt es inzwischen eine Spur, wer das sein könnte?"
„Nein." Lukas sah sie ratlos an. „Vielleicht könnte ich

ja wieder eine Kamera installieren, was meint ihr? Dann könnten wir sehen, wer hier den Heimwerker spielt."
Zaz rüttelte am Tisch. „Wenn ich ehrlich bin, dann möchte ich lieber nicht, dass er aufhört. Noch ein paar Nächte und unser Schäferkarren ist wieder wie neu."
Alle lachten. „Wir könnten uns doch nachts auf die Lauer legen", schlug Fee vor.
Lukas hob abwehrend die Hände. „Da kann ich nicht mit. Wenn meine Eltern mitkriegen, dass ich auch noch in der Nacht hier im Wald bin, dann legen die mich für den Rest der Sommerferien an die Kette. Und drehen mir das WLAN ab. Nein, nachts stehe ich nicht zur Verfügung, tut mir leid."
„Na ja", grinste Fee verschmitzt. „Zaz und ich waren ja in den letzten Wochen auch schon im Dunkeln unterwegs. Wir könnten uns also treffen und beobachten, wer sich hier nützlich macht. Was ist, Zaz: Bist du dabei?"
„Eigentlich ja." Zaz dachte nach. „Vor allem, weil ich seit heute tatsächlich einen Verdacht habe, wer das sein könnte."
„Was? Das sagst du erst jetzt?" Die beiden anderen sahen sie gespannt an. „Wer? Kennen wir ihn?"

„Ich war gerade eben im alten Lager der Biker. Da ist alles verlassen. Eigentlich. Aber bei ihrem Trainingsparcours, da habe ich frische Radspuren gefunden. Das könnte doch ein Hinweis sein!“

„Aber worauf?“ Lukas sah sie verständnislos an. „Ein Hinweis, dass sie sich immer noch nicht an unsere Vereinbarungen halten und wir da mal nach dem Rechten sehen sollten? Könnt ihr euch Arpad vorstellen, wenn er das hört? Er wird toben! Aber sie werden sicherlich nicht nachts herkommen und heimlich den Karren reparieren. Warum sollten sie das?“

„Vielleicht weil einer von ihnen ein schlechtes Gewissen hat. Könnte doch sein, dass Ty oder einer seiner Freunde sich mit dieser Aktion irgendwie das Recht erarbeiten will, wieder hier im Wald zu fahren“, erklärte Zaz.

„Unwahrscheinlich“, meinte Fee. „Aber du kennst diesen Ty natürlich besser als jeder andere von uns. Trotzdem: Wenn wir ihn hier nachts auf frischer Tat ertappen, dann kann er uns ja sagen, was er will.“ Sie sah tatendurstig aus. Sie hörten, wie sich draußen zwei Pferde im schnellen Galopp näherten. Arpad und Ann-Sophie sprangen vor dem Wagen vom Pferd und kamen ins Innere gestürmt.

„Was macht ihr denn alle hier drin? Heimlich Kekse essen?“, rief Arpad und nahm sich gleich zwei oder drei davon.
„Wir haben uns überlegt, dass wir hier eine Nachtwache schieben wollen“, erzählte Fee. „Zaz und ich könnten das machen. Bei uns passt niemand auf, ob wir nachts im Bett oder sonst wo sind.“
„Da seid ihr besser dran als der Rest von uns. Ihr wisst ja: Meine Pflegemutter ist unerbittlich. Die kontrolliert sogar mein Bett. Und ihr traut euch wirklich, hierher zu kommen?“ Arpad wirkte überrascht. „Was, wenn ein finsterer Typ auftaucht?“
Fee lachte. „Klar. Ein Verbrecher, der aber total gerne Dinge repariert. Das klingt ganz schön gefährlich … Außerdem glaubt Zaz, dass ihr alter Freund von den Bikern hier eine Art Entschuldigungstour gestartet hat.“
„Ty?“ Arpad sah Zaz kopfschüttelnd an. „Ein Idiot, der sich an keine Abmachung hält, aber uns heimlich etwas Gutes tun will? Zaz, du lebst wirklich auf einem anderen Planeten.“ Er sprang auf und nahm sich eine weitere Portion Kekse aus der Schachtel. „Aber jetzt müsst ihr unbedingt mal mitkommen. Ann-Sophie und ich ha-

ben etwas entdeckt. Auf einer der Lichtungen im Westen. Das wollen wir euch unbedingt zeigen! Wir glauben nämlich, dass Ty etwas ganz anderes macht, als an unserem Karren herumzubasteln."

Alle liefen zu ihren Pferden. Wie immer war Zaz von dem ruhigen Selbstverständnis beeindruckt, mit dem Fee und Luna miteinander umgingen: Wenn Fee nach ihrem Pferd suchte, dann tauchte Luna immer neben ihr auf. So als könnte sie Fees Gedanken lesen.

Kaum saßen sie alle auf den Rücken ihrer Pferde, jagten sie wieder als wilde Horde davon. Über Wege und Lichtungen und dann durch Teile des Waldes, die Zaz noch nie gesehen hatte.

Es dauerte einige Zeit, bis Arpad mit erhobenem Arm ein Zeichen gab und seinen Feuertanz durchparierte. „Seht euch das an!" Er deutete auf den Boden.

Im hohen Gras deutlich zu sehen: Radspuren.

„Ich habe euch doch gesagt, dass Ty wieder in unserem Wald unterwegs ist!" Zaz sprang von Monsuns Rücken und sah sich die Spuren genauer an. „Um genau zu sein: Er ist nicht alleine. Wahrscheinlich hat er einen seiner Kumpel dabei."

Arpad nickte. „Das kann gut sein. Aber jetzt mal ehrlich: Warum sollten die beiden den Schäferkarren reparieren? Das ist Schwachsinn. Nein, die machen sich hier wieder breit, die halten sich nicht an unsere Abmachung. Wir müssen sie suchen und finden. Und ihnen mal richtig Bescheid geben, dass das nicht geht!"

„Wenn sie sich so weit abseits von unseren üblichen Wegen herumtreiben, dann wird das ganz schön schwer." Zaz richtete sich wieder auf und schwang sich auf Monsuns Rücken.

Lukas pfiff anerkennend. „Das sieht doch schon gut aus!"

Zaz lächelte ihm dankbar zu, während sie weiterredete. „Vielleicht sollten wir die Biker einfach in Ruhe lassen. Ich denke, sie werden nicht mehr versuchen, uns irgendwie in die Quere zu kommen."

Finster schüttelte Arpad den Kopf. „Hufbeinbruch und Kreuzverschlag – sie können nicht einfach die Regeln brechen. Das geht nicht! Man muss sich an das halten, was man verspricht. Auf was soll man sich denn sonst verlassen?"

Schweigend ritten sie wieder zurück, Fee an Zaz' Seite. „Was meinst du?", fragte sie. „Sollen wir uns gleich heu-

te Nacht auf die Lauer legen? Ich finde, wir sollten das Geheimnis um unser Heinzelmännchen endlich klären."
„Ich bin dafür", mischte sich Arpad ein.
„Ich finde meine Idee mit der Kamera trotzdem besser." Das war Lukas, der irgendwie ein wenig eingeschnappt klang. „Und ungefährlicher ist es auch."
„Klar. Aber was sehen wir da?" Arpad lachte. „Eine dunkle Gestalt, die in unserem Karren hantiert. Nein, es ist ganz bestimmt besser, wenn Fee und Zaz sich das ansehen."
„Dann ist das ausgemacht. Ich komme an die Pension, um dich abzuholen, Zaz. Mitternacht?" Fees Stimme klang aufgeregt.
„Okay." Zaz grinste. „Ich stelle den Wecker. Bis heute Nacht!"

Im finsteren Wald

Der Wecker piepte so laut, dass Zaz befürchtete, die halbe Pension könnte aufwachen. Hastig schaltete sie ihn aus und sprang aus dem Bett. Die enge Laufhose hatte sie noch an, jetzt zog sie sich ein dunkles Shirt über den Kopf und schlüpfte in ihre Jeansjacke und die Sneakers. Mit einem Griff drückte sie sich noch den alten Samthelm auf den Kopf und machte sich auf den Weg: durch das Fenster, über das Vordach und dann am Rosengitter nach unten. Zum Glück war hier noch nichts brüchig, sie brauchte nur wenige Augenblicke, bis sie im Freien vor der Pension stand und sich durch die Dunkelheit in Richtung des Waldrandes schlich. Hier warteten Fee und Luna schon auf sie. Die Schimmelstute leuchtete in der Dunkelheit. Zaz brauchte einen Moment, bis sie daneben Monsun erkennen konnte. Sie wirkte wie Lunas dunkler Schatten.

Zaz begrüßte Monsun, indem sie ihr zart über die weiche Nase streichelte. „Hallo, Fee, wir können los!", sagte sie zu ihrer Freundin, die schweigend auf ihrem Pferd wartete.

„Prima! Lass uns bis in die Nähe des Karrens reiten. Die letzten hundert Meter sollten wir dann vielleicht zu Fuß gehen. Bei lautem Hufgetrappel weiß unser heimlicher Helfer sonst sofort, dass wir anrücken. Pferde sind einfach keine Helden in Sachen anschleichen ..." Fee lachte leise und gab ihrer Luna einen unsichtbaren Befehl loszulaufen. Man konnte nie erkennen, dass Fee einen Befehl gab, aber Luna lief immer in die richtige Richtung.

Zaz folgte den beiden durch den dunklen Wald. Ein Nachtvogel schrie, es roch nach feuchter Erde. Einige Male verlor sie die Orientierung: Sie hatte keine Ahnung, wo sie in diesem Augenblick gerade waren. Ein wenig unheimlich, aber Fee und Luna fanden sich mit traumwandlerischer Sicherheit im Wald zurecht. Zaz hatte längst aufgegeben, hinter das Geheimnis dieser beiden zu kommen. Jetzt, in der Nacht, wirkte es wie echte Zauberei – viel mehr noch als am Tag.

Sie ritten nur im Schritt und so dauerte es eine Weile länger als sonst, bis Fee einen Arm hob. „Hier steigen wir besser ab", flüsterte sie. „Noch näher und er kann uns hören – oder sie. Wir wissen ja immer noch nicht, wer uns da erwartet."

Sie ließen sich leise von ihren Pferden gleiten. Fee griff Zaz am Ellbogen. „Jetzt musst du mich führen", sagte sie leise.

Zum Glück hatten sich Zaz' Augen inzwischen gut an die Dunkelheit gewöhnt. Sie konnte den schmalen Pfad, der zu ihrer Lichtung führte, gut erkennen.

Am Rand der Lichtung blieb sie stehen. „Wir sind jetzt am Waldrand", wisperte sie.

„Ich weiß", erwiderte Fee. „Dann bleiben wir am besten hier. Kannst du irgendetwas erkennen?"

Zaz kniff die Brauen zusammen, um besser zu sehen. An dem Karren waren die Läden fest verschlossen. Aber durch die Spalten konnte sie ein Licht sehen.

„Da ist Licht!" Zaz spürte erst jetzt, wie schnell ihr Herz

klopfte. „Was sollen wir jetzt nur machen? Wir können doch nicht einfach anklopfen und Hallo sagen!?"
„Nein, natürlich nicht." Fees Stimme klang so gelassen wie immer. „Wir sollten uns näher ranschleichen. Vielleicht kannst du ja durch ein Fenster erkennen, wer da drinnen ist. Meinst du, das geht?"
„Klar." Zaz sah weiter gebannt zum Karren. „Die Läden sind zu, ich kann nur ein bisschen Licht durch einen Spalt sehen. Aber wer auch immer da drinnen ist: Der kann nicht sehen, wenn wir näher kommen." Schulter an Schulter schlichen die beiden Mädchen weiter. Sie hörten, wie im Karren gehämmert wurde. Offensichtlich machte ihr heimlicher Besucher sich schon wieder nützlich. Zaz blieb stehen. „Ich schau mal rein", wisperte sie in Fees Ohr. „Aber wir müssen ganz still sein!"
Durch den Spalt sah sie den Rücken eines Mannes. Er hatte breite Schultern und sah ziemlich trainiert aus. Dunkelgraue Haare, braun gebrannte Arme. Einen Hammer in der Hand. Jeans und ein dunkelgrünes T-Shirt. Wie alt dieser Mann wohl sein mochte? Sie versuchte zu schätzen, als Fee an ihrem Ärmel zupfte. „Wer ist es? Kennen wir ihn? Oder sie?"

Auf einen Schlag hielt der Mann inne. Er schien in die Nacht zu lauschen. Dann schüttelte er den Kopf und arbeitete weiter.

„Nein. Es ist ein Mann, aber ich habe ihn noch nie gesehen. Er ist mindestens so alt wie meine Eltern, vielleicht noch ein paar Jahre älter. Und er sieht ziemlich kräftig aus, wenn du mich fragst."

Obwohl Zaz versucht hatte, so leise wie irgendwie möglich zu sprechen, hörte der Mann noch einmal mit seiner Arbeit auf. Er drehte sich halb zum Fenster hin und lauschte mit zusammengezogenen Augenbrauen.

Angestrengt starrte Zaz weiter durch den Spalt. Irgendwoher kannte sie dieses Gesicht. Die Augen und die Nase sahen vertraut aus – aber sie kam nicht darauf, woher.

In diesem Augenblick schnaubte es direkt hinter ihnen. Unbemerkt waren ihnen die Pferde über die Lichtung gefolgt und machten sich jetzt deutlich bemerkbar.

Fee fuhr herum. „Schhhh", machte sie.

Zu laut.

Der Eindringling im Karren machte zwei schnelle Schritte zur Tür, riss sie auf, polterte herunter und rannte quer über die Lichtung davon.

„Hinterher!“, rief Zaz, ohne eine Sekunde nachzudenken.

Fee schien zu ahnen, was sie tun sollten, und beide Mädchen warfen sich auf die Rücken ihrer Pferde, die auch schon losgaloppierten.

Im Dunkeln sah der Mann wie ein Schatten aus, der über die Lichtung in Richtung Waldrand huschte. Er war ganz schön flott unterwegs, aber die Pferde holten auf der Wiese schnell auf.

Noch bevor sie ihn eingeholt hatten, tauchte er jedoch zwischen zwei großen Brombeerbüschen ab und verschwand in der Dunkelheit des Waldes.

„Er ist jetzt im Wald verschwunden“, erklärte Zaz Fee. „Wir folgen ihm weiter, aber wir müssen langsamer reiten. Vielleicht übernimmst du die Führung, du kannst ihn sicher hören.“

Fee brachte Luna zum Stehen, lauschte in die Nacht und deutete dann in eine Richtung, die tiefer in den Wald führte. „Da ist er. Komm, wir müssen hinterher.“

Jetzt waren sie nur noch im Trab unterwegs. Immer wieder hielten sie an, Fee lauschte und dann setzten sie sich wieder in Bewegung.

„Er ist nicht mehr weit entfernt“, sagte Fee halblaut. „Und er rennt immer tiefer in den Wald. Ich habe keine Ahnung, was er da eigentlich will!“ Sie erreichten eine der breiten Schneisen. „Jetzt können wir wieder schneller reiten!“, rief Fee. „Er folgt der Schneise, hier erwischen wir ihn!“

Beide Pferde setzten sich in Galopp. Das schnelle Tempo im dunklen Wald war Zaz unheimlich. Sicher, sie hatte längst gelernt, dass Pferde im Dunkeln besser als Katzen sehen können. Aber sie fühlte sich wie in einer Achterbahn mit verbundenen Augen. Was, wenn Monsun jetzt auch nur einen kleinen Schwenk zur Seite machte? Doch die Stute streckte sich nur und wurde noch schneller. Offenbar verstand sie genau, dass es jetzt darum ging, diesen Mann einzuholen.

Mit einem Mal kam der Mond hinter einer Wolke hervor und Zaz konnte den Flüchtenden vor sich sehen. Nur noch hundert Meter entfernt, vielleicht sogar weniger.

„Komm, Monsun!“, feuerte sie ihr Pferd an. Fee lag nun hinter ihr, Luna konnte nicht so schnell galoppieren wie das Vollblut Monsun.

Obwohl der Mann so schnell rannte wie irgend möglich, holten Zaz und Monsun mit jedem Meter auf. Der Flüchtende sah über seine Schulter, erkannte, wie nah sie ihm gekommen waren, und sprang mit einem großen Satz wieder in das dunklere Unterholz.

Monsun sprang ihm hinterher, so als wäre auch sie jetzt vom Jagdfieber gepackt.

Luna folgte.

Sie rasten wieder über einen der schmalen überwachsenen Wege.

Da hörte Zaz erst einen dumpfen Aufschlag, dann einen Schrei hinter sich. Fee.

Zaz richtete sich auf und gab Monsun den Befehl anzuhalten. Die Stute gehorchte, ohne einen Augenblick zu zögern, ließ sich auf der Hinterhand wenden und trabte zurück zu Luna und Fee.

Zu Zaz' Erleichterung standen die beiden schon wieder auf dem Weg.

„Was ist passiert?", rief Zaz. „Geht es euch gut?"

„Nein." Fees Stimme klang kleinlaut und zittrig. Das hatte Zaz noch nie gehört. „Irgendetwas ist mit Luna. Schaust du sie für mich an?"

So schnell es ging, sprang Zaz von Monsuns Rücken

und rannte die letzten Schritte zu Fee und Luna. Sie sah auf einen Blick, dass die Schimmelstute auf drei Beinen stand. Das linke Vorderbein hielt sie in die Luft.
„Sie kann das eine Bein nicht belasten“, beschrieb Zaz für Fee, was sie sah. „Was ist denn passiert?“
„Sie ist gestolpert und hingefallen. Kein Wunder, der Weg ist nichts für Galopp im Dunkeln. Da kann auch ein Pferd mal einen Ast oder ein Grasbüschel übersehen. Wir waren einfach zu schnell. So blöd von uns!“ Fee klang, als würde sie gleich in Tränen ausbrechen.
Tröstend legte Zaz ihr den Arm über die Schulter. „Komm, so schlimm wird es schon nicht sein. Versuche doch mal, ob du sie ein paar Schritte führen kannst.“
Fee zupfte an Lunas Mähne, aber die Stute rührte sich keinen Millimeter.
Vorsichtig ließ Zaz ihre Hand über das Vorderbein gleiten. „Da blutet nichts!“, berichtete sie. „Aber es könnte sein, dass sie es sich ein wenig verstaucht hat. Oder vielleicht hat sie sich auch eine Sehne gezerrt. Das kann schnell passieren. Immerhin ist es bei Menschen so, ich denke, bei Pferden ist das ähnlich. Ein blauer Fleck vom Sturz wäre auch eine Möglichkeit …“

„Und was sollen wir jetzt machen? Wir können sie doch nicht hier im Wald lassen!“ Fee klang völlig verzweifelt. In der Sekunde, in der Luna nicht die verlässliche Partnerin an ihrer Seite war, schien sie alle Ruhe und Sicherheit zu verlieren.

„Wir können sie aber auch nicht mitnehmen“, erwiderte Zaz. „Sie will das Bein nicht absetzen und wir haben auch keinen Pferdehänger oder so etwas hier. Wir können ja nicht einmal Auto fahren …“ Auf einen Schlag kam sie sich klein und hilflos vor.

„Wir könnten Tine fragen“, schlug Fee vor. „Die weiß doch bestimmt, was man mit einem lahmenden Pferd machen kann!“

„Tine?“ Zaz lachte verzweifelt auf. „Die können wir doch nicht mitten in der Nacht wecken! Es ist weit nach Mitternacht, wahrscheinlich schon nach eins! Und wie sollen wir sie hierherbringen? Nein, das geht nicht!“

In diesem Augenblick senkte Luna den Kopf und machte einen vorsichtigen Schritt. Humpelnd zwar, aber sie belastete das Bein.

„Vielleicht ist es doch nicht so schlimm?“ Fee wischte sich die Tränen aus dem Gesicht. „Manchmal tut es nur am Anfang richtig fies weh. Wenn man sich den Knöchel umknickt oder so." Sie stupste ihr Pferd an. „Versuch es noch einmal, Luna." Gehorsam machte das Pferd einen weiteren Schritt.

„Sie humpelt übel, aber da kann nichts gebrochen sein", vermutete Zaz. „Zumindest war das immer die Regel, als ich noch Leichtathletik gemacht habe: Wenn du es bewegen und ein bisschen belasten kannst, dann ist nichts gebrochen. Bei Pferden könnte das doch ähnlich sein. Dann braucht deine Luna nur ein bisschen Ruhe."

Fee seufzte. „Ruhe. Klar, es ist ja tiefste Nacht. Sie sollte einfach bei ihrer Herde sein und dösen. Wenn morgen früh die Sonne scheint, dann ist das alles vielleicht nicht mehr so schlimm."

Nachdenklich streichelte Zaz ihrer Monsun den Hals. „Hast du eine Ahnung, wo die anderen Pferde sind? Wenn ich ehrlich bin, dann weiß ich überhaupt nicht, wo die in der Nacht stecken."

„Meistens sind sie alle zusammen unterwegs, auf irgendeiner Lichtung. Aber sie haben ganz feine Antennen, wenn einer von uns in den Wald kommt. Dann trennen sie sich schon mal von der Herde, um zu uns zu kommen, so wie heute Nacht. Die anderen Pferde? Wahrscheinlich sind die nicht weit. Die fünf halten doch immer zusammen.“ Luna pfiff leise.

Wie von Geisterhand herbeigeholt, tauchten innerhalb weniger Minuten die anderen Pferde der Horde auf, angeführt von Feuertanz. „Siehst du?“ Man konnte im Dunkeln hören, dass Fee lächelte. „Die fünf achten immer darauf, wo die anderen sind. Auch dann, wenn sie mal nicht auf der gleichen Wiese stehen oder einer von ihnen mit seinem Reiter alleine unterwegs ist.“

Luna wieherte leise und machte ein paar mühsame Schritte in Richtung der anderen.

Fee lauschte dem humpelnden Schritt. „Ich glaube, wir lassen sie für heute Nacht einfach mit der Herde hier“, beschloss sie. „Morgen kommen wir dann zurück, schauen, wie es ihr geht, und bringen auch etwas für ihr Bein mit. Oder holen einen Tierarzt. Was meinst du?“

„Ich habe kaum Erfahrung mit Pferden“, nickte Zaz. „Aber ich finde, das ist das Einzige, was wir jetzt machen können.“ Sie streichelte Monsun, die sich daraufhin zu den anderen Pferden gesellte. Luna humpelte ihr die wenigen Schritte zu ihrer Herde hinterher.

Zaz nahm Fee an die Hand, da fiel ihr etwas ein. „Wir könnten uns doch zu zweit auf Monsun setzen. Das ist bestimmt kein Problem. Wir bringen dich nach Hause, das schaffen wir.“

Sie rief leise nach Monsun, die brav wieder zu ihr kam. Aber in der Sekunde, in der Fee auch nur in ihre Nähe kam, schnaubte sie und wich zurück.

„Jetzt beruhige dich doch, Monsun. Das ist eine einmalige Sache, stell dich nicht so an“, schimpfte Zaz. Aber Monsun schnaubte noch lauter, schüttelte den Kopf und verschwand dann mit den anderen Pferden im Wald.

„Tut mir leid“, seufzte Zaz. „Aber mein Pferd lässt sich offensichtlich auch weiterhin von keinem anfassen. Also von niemandem außer mir.“

„Was keine Überraschung ist“, meinte Fee. „Wir haben schließlich jahrelang versucht, sie zu zähmen. Ohne auch nur einen Fetzen von Erfolg. Ich habe eh nicht geglaubt, dass ich sie jetzt reiten kann.“

Zaz lächelte. „Ja, da ist sie eigensinnig. Aber ich fürchte, das ist ein ganz schön weiter Weg nach Hause … Wo soll ich dich denn hinbringen?“

„Stimmt, das kannst du ja gar nicht wissen“, sagte Fee.

„Meine Eltern wohnen in einem Haus, das ganz in der Nähe von unserem Wald liegt. Deswegen kann ich ja auch jederzeit ohne Hilfe verschwinden – ich setze mich auf Luna und es geht los. Dann bin ich fast so fit wie ihr alle, ohne den bescheuerten Blindenstock, mit dem man immer nur überall anstößt. Bring mich einfach zu der Stelle, wo die anderen ihre Fahrräder verstecken. Von da aus kann ich dir sagen, wie du mich führen sollst."

Der Weg durch den dunklen Wald mit einem blinden Mädchen an der Hand wurde schnell lang. Plötzlich fing Fee an, über Wurzeln zu stolpern. Ausgerechnet Fee, die sich sonst im Dunkeln so sicher wie eine Katze bewegte. Aber ohne ihre Luna wurde sie unsicher. Erst jetzt fiel Zaz auf, dass Fee nur mit ihrem Pferd das selbstsichere Mädchen war, das sie kannte.

Es schien eine Ewigkeit zu dauern, bis sie endlich den Waldrand und dann auch die ersten Häuser der Stadt erreichten. Beim ersten Gartenzaun blieb Fee stehen. „Hier bin ich zu Hause. Die letzten Meter schaffe ich auch alleine. Vielen Dank!"

„Und wie kommst du morgen früh wieder zu Luna?", fragte Zaz.

„Das ist einfach: Ich rufe Lukas an. Er kann mich mit Müller abholen. Der ist weniger sensibel, wenn es darum geht, einen fremden Reiter auf dem Rücken zu tragen …“ Fee lachte leise.

Im schwachen Licht der Straßenlaternen konnte Zaz sehen, wie müde sie war. Ihr schmales Gesicht schien noch blasser zu sein als sonst. „Wir sehen uns morgen.“ Eigentlich wollte sie zum Abschied winken, aber dann umarmte sie Fee. „Ich bin mir sicher, Luna wird ganz schnell wieder gesund!“

„Ich habe zwar keine Ahnung, woher deine Sicherheit kommt“, murmelte Fee. „Aber im Moment bin ich bereit, alles zu glauben. Bis Morgen!“

Langsam drehte Zaz sich um und machte sich auf den langen Heimweg. Nach wenigen hundert Metern war sie wieder im Wald, aber sie wusste: Von hier bis Donneracker waren es noch einige Kilometer. Sie musste sich beeilen, wenn sie vor dem Morgengrauen wieder in ihrem Bett sein wollte.

Etwas raschelte im Unterholz und Zaz zuckte zusammen. Gab es hier gefährliche Tiere? Sie schalt sich selber einen Dummkopf. Füchse waren hier das größte Raubtier, es gab weder Wölfe noch Bären. Giftige Schlangen auch nicht. Die Gefahr ging in diesem Wald immer von den Menschen aus, ganz bestimmt nicht von der Natur. Egal. So alleine im Wald hörte sie ständig fremde Geräusche. Mühselig stolperte sie weiter. Sie brauchte ihre komplette Beherrschung, um nicht kopflos in Richtung Donneracker zu rennen.

Wieder ein Geräusch von raschelnden Blättern und ein knackender Ast.

Zaz' Herz raste.

Und dann spürte sie mit einem Mal, wie ihr ein warmer Atem in den Nacken blies. Sie drehte sich um und schlang ihre Arme um Monsuns Hals.

„Gut, dass du hier bist", flüsterte sie in die Mähne. „Ich habe ohne dich ganz schön Angst gehabt."

Ohne lange nachzudenken, schwang sie sich auf Monsuns Rücken. „Bring mich nach Hause!"

Und Monsun machte sich tatsächlich in langen Schritten auf den Weg durch den nächtlichen Wald. Sie schien genau zu wissen, wo sie hintreten konnte und in welche Richtung sie laufen musste.

Zaz schloss einige Male die Augen und spürte einfach

nur den langsamen Bewegungen des Pferdes nach. Durch ihre dünne Hose drang die Wärme des Fells, hin und wieder schnaubte Monsun leise. So als wollte sie ihr Mut machen.

Der Himmel wurde am Horizont schon hell, als Monsun endlich auf die Lichtung vor der Pension trat.

Zaz lehnte sich nach vorne und streichelte ihr den Hals. „Du hast mich heute Nacht echt gerettet. Danke!“

Nachdem sie von Monsuns Rücken geglitten war, fuhr sie ein letztes Mal über die Stirn der Stute. Zwischen den Augen ließ sie ihre Hand liegen und dann schloss sie ihre eigenen Augen. Einen Augenblick lang fühlte sie sich mit Monsun so eng verbunden, als hätten sie nur einen Gedanken, nur ein Gefühl.

Schließlich riss Zaz sich los, lief die wenigen Meter zur Pension und kletterte das Rosengitter nach oben. Krabbelte über das Vordach und war endlich wieder in ihrem Zimmer.

Als sie durch das Fenster einen letzten Blick zum Wald warf, sah sie Monsun. Sie stand immer noch bewegungslos an dem Ort, wo Zaz sie verlassen hatte.

Zaz spürte, wie ihr Tränen in die Augen stiegen.

„Ich lasse dich auch nicht allein", murmelte sie leise. Dann spürte sie, wie sie von der Müdigkeit übermannt wurde. Ohne sich einen weiteren Gedanken übers Zähneputzen oder Ausziehen zu machen, fiel sie in ihr Bett und schlief sofort ein.

Der Tag danach

„Das kann doch nicht sein!“ Vorsichtig fuhr Arpad an Lunas Bein entlang. Es war entlang der Sehne komplett mit einer angetrockneten hellbraunen Paste bedeckt. „Erzählt noch einmal, was genau passiert ist. Ihr habt ihn verfolgt, Luna ist gestolpert und hinkte ziemlich heftig – und ihr seid dann nicht weiter hinter ihm her, habt die Pferde im Wald gelassen und seid nach Hause gegangen. Richtig?“ Er sah Fee und Zaz aus seinen dunklen Augen fragend an.

Zaz nickte. „Es gab keine andere Möglichkeit. Mitten in der Nacht konnten wir keinen Tierarzt in den Wald holen. Luna war ziemlich lahm, wir konnten sie also nicht nach Donneracker bringen. Da haben wir uns gedacht,

dass sie am ruhigsten mit der Herde ist. Wir wollten uns heute das Bein genauer ansehen und dann entscheiden, ob sie einen Tierarzt braucht oder nicht."
Die Sonne stand hoch über der Lichtung mit dem Schäferkarren, auf der sie sich jeden Tag trafen. Zaz hatte länger geschlafen, als sie eigentlich vorgehabt hatte. Und auch Fee sah immer noch müde aus.
Arpad schüttelte den Kopf. „Aber irgendjemand muss danach Lunas Bein versorgt haben." Er roch an seinen Fingern. „Wenn mich nicht alles täuscht, dann ist das essigsaure Tonerde. Bei einer gezerrten Sehne ganz bestimmt nicht verkehrt. Aber wer kann das gemacht haben?"
„Vielleicht dieser Mann, den wir verfolgt haben?", schlug Fee leise vor. „Es könnte doch sein, dass er uns beobachtet hat, als wir die Jagd abbrechen mussten. Wir haben ja eine ganze Weile überlegt, was wir machen sollen. Bestimmt eine halbe Stunde oder so. Wenn er uns zugehört hat, dann war ihm klar, dass wir den Wald verlassen. Und dass Luna sich verletzt hat."
„Aber wie kann er mitten in der Nacht Tonerde organisieren? Und dann in den Wald zurückkommen und Luna behandeln? Das klingt doch sehr unwahrschein-

lich!“ Dieses Mal war es Ann-Sophie, die sich einmischte. „Ich meine, woher soll er überhaupt gewusst haben, wo er die Pferde wiederfinden kann?“

„Das war einfach.“ Zaz sah Ann-Sophie an. „Luna war sehr lahm, da war es völlig klar, dass die Herde sich nicht schnell weiterbewegt. Und zumindest eure vier haben ja auch keine Angst vor Menschen. Die fliehen doch nicht, wenn einer Ahnung von Pferden hat – sondern nur, wenn jemand Lärm macht oder wild mit den Armen herumwedelt.“ Sie deutete auf Lunas Bein. „Und so, wie es aussieht, weiß unser geheimnisvoller Flüchtling ganz genau, wie man mit Pferden umgeht!“

„Wie sah er denn überhaupt aus?“, wollte Arpad wissen.

Zaz zuckte mit den Schultern. „So genau habe ich ihn nicht gesehen. Nur durch den Spalt des Karrens und danach als dunklen Schatten, der vor uns her durch den Wald gerannt ist. Ich würde sagen, dass er ungefähr so alt ist, wie unsere Eltern wahrscheinlich alle sind. Irgendwas zwischen 40 und 50 oder so. Ich kann Erwachsene nicht so gut einschätzen. Eben alt. Dunkle Haare mit viel Grau. Er sah nicht gefährlich aus. Nur erschrocken, dass wir da mitten in der Nacht aufgetaucht sind.“

„Er war wieder im Karren?“ Lukas drehte sich um und ging zu der kleinen Baumgruppe mitten auf der Lichtung, wo der schwarze Wagen mit dem Zeichen der Horde im Schatten stand. Er kletterte hinein und kam Augenblicke später wieder heraus. In den Händen hielt er eine große weiße Dose und ein kleines braunes Fläschchen. „Er war nicht nur in unserem Karren, er hat uns auch etwas dagelassen!“

Als Lukas bei den anderen ankam, hatte er schon die Etiketten gelesen. „Arpad hatte recht: essigsaure Tonerde, fertig angerührt. Und eine Arnika-Tinktur. Die kann man noch in die Tonerde einrühren. Das stand auf einem Zettel und dazu noch: *Für die Schimmelstute. Jeden Tag neu einschmieren und viel kühlen. Keine Bewegung.*“

„Ein Zettel war auch da?“ Arpad streckte die Hand aus. „Kann ich den mal sehen?“

Lukas gab ihm das Papier.

Mit gerunzelter Stirn sah Arpad die Schrift an. „Es war also wirklich unser großer Unbekannter. Offensichtlich will er helfen. Und hat auch ein bisschen Ahnung. Der muss wirklich in aller Frühe in eine Apotheke gegangen sein und die Sachen für Luna besorgt haben …“ Nachdenklich sah er in die Runde. „Ich verstehe nur nicht, warum er sich vor uns versteckt. Er könnte doch einfach erklären, warum er sich hier herumtreibt. Oder wie seht ihr das?“

Zaz zuckte mit der Schulter. „Letzte Nacht hat er sich ja vielleicht nur erschrocken. Er hat ganz bestimmt nicht damit gerechnet, dass wir so spät auftauchen. Und noch weniger damit, dass wir ihn mit unseren Pferden verfolgen. Wenn ich es mir richtig überlege, dann war das ja auch eine besonders blöde Idee. Unser Schwachsinn hat dafür gesorgt, dass Luna jetzt lahm ist.“

Fee seufzte. „Ich schätze, es dauert ein ganzes Weilchen, bis sie wieder fit ist. Was machen wir denn, wenn ihr jetzt einen schnellen Ausritt macht? Sie wird mitrennen wollen. Und das ist ganz bestimmt nicht gut für ihr Bein.“ Unwillkürlich musste sie lächeln. „Wer auch immer der Typ ist, den wir da verfolgt haben: Er hat recht, wenn es um die Behandlung geht. Keine Bewegung. Das weiß schließlich jeder, der sich schon einmal einen Knöchel verstaucht hat.“

Ann-Sophie nickte. „Stimmt. Das ist erst einmal das größte Problem. Hier im Wald wird sie sich zu viel bewegen, da heilt das nicht so schnell. Unter der Heilerde ist das Bein dick und warm – wir dürfen nicht einfach so tun, als wäre da nichts."

Eine Weile herrschte nachdenkliches Schweigen.

Die Pferde rannten hier im Wald völlig frei umher.

Keine Zäune, keine Ställe, keine Stricke.

Das war in Ordnung, solange sie gesund waren. Aber jetzt? „Wir könnten Luna nach Donneracker bringen", schlug Zaz vor. „Da sind die Boxen, in denen mein Opa seine Pferde gehalten hat. Vielleicht sollte Luna ein paar Tage dortbleiben. Bis das Bein wieder besser ist."

„Ist sie da nicht schrecklich einsam? Ohne die anderen Pferde?" Fee klang nachdenklich. „Die fünf sind doch nie getrennt, rennen immer zusammen durch den Wald."

Keiner sagte etwas. Dann seufzte Fee. „Aber du hast recht. Nur so können wir dafür sorgen, dass sie schnell wieder gesund wird. Ich bleibe möglichst viel bei ihr!"

„Wenn du magst, kannst du ja ein paar Tage bei uns in Donneracker wohnen!", schlug Zaz vor. „Dann ist es für Luna nicht so schwer, wenn sie die anderen Pferde nicht sehen kann. Was meinst du? Würden deine Eltern das mitmachen?"

„Klar!“, rief Fee. „Donneracker ist ja nicht aus der Welt. Und wenn du ihnen versprichst, dass du ein Auge auf mich hast, dann haben sie auch keine Angst, dass ich in ein tiefes Loch falle. Oder so.“

„Dann ist das entschieden!“, beschloss Arpad. „Wir bringen Luna nach Donneracker. Aber dieses Mal schön langsam …“

Lukas nahm Fee hinter sich auf den Rücken seines kräftigen Herrn Müller. Gemächlich machten sie sich auf den Weg. Luna blieb eng bei ihrer Herde. Sie humpelte tatsächlich nur noch ein wenig, die Behandlung durch den Unbekannten hatte offenbar schon gewirkt.

Es schien eine Ewigkeit zu dauern, bis endlich die Dächer von Donneracker zwischen den Bäumen auftauchten. „Puh, ich dachte schon, wir kommen nie an!“, murmelte Fee.

Arpad grinste. „… weil wir lahme Geister sind.“

Alle lachten. Der Hordenschwur hatte heute wirklich keine Bedeutung.

In der alten Scheune fegten sie gemeinsam eine Box leer, kehrten die Spinnweben von den Wänden und wischten den alten Futtertrog sauber. Zu guter Letzt füllten sie

den Tränkeimer auf. In einer Ecke der Scheune fanden sich noch einige Strohballen und so streuten sie frisches Stroh in die Box.
„Sieht doch gar nicht so schlecht aus", fand Ann-Sophie. „Für eine Box ist das ziemlich gemütlich."
„Ich hole Luna." Fee sah skeptisch aus. „Mal sehen, ob sie deine Meinung teilt."
Fee pfiff leise. Luna hatte die ganze Zeit gemeinsam mit den anderen Pferden vor dem großen Tor der Scheune gestanden. Jetzt kam sie herein, sah sich neugierig um und folgte ihrer Reiterin in den Stall. Fee streichelte ihr noch einmal über den Hals, legte einige Äpfel in den Trog und verriegelte dann die Tür von außen.
Luna blieb friedlich. Fast sah es so aus, als würde sie wissen, dass dieses Gefängnis im Moment das Beste für sie war. Sie schnaubte leise, senkte den Kopf und knabberte an ein paar Strohhalmen.
„Ich gehe zu Tine und gebe ihr Bescheid – und frage auch gleich, ob du bleiben darfst!", sagte Zaz.
Tine empfing sie schon vor der Tür. Sie deutete in Richtung der Scheune, vor der immer noch vier Pferde herumstanden. „Was ist denn das? Meine Gäste sind bald

der Meinung, dass wir hier eine Art Ponyhof sind. Ein Ponyhof, bei dem die Tiere wild herumlaufen."

„Die sind nur da, weil wir Luna in eine der Boxen gestellt haben. Sie hat sich verletzt." Die Sache mit der nächtlichen Verfolgungsjagd behielt Zaz lieber für sich. Tine wäre bestimmt nicht begeistert, wenn sie erfuhr, dass Zaz sich nachts aus ihrem Zimmer schlich …

„Um Himmels willen!", rief Tine. „Warum hast du das nicht gleich gesagt? Soll ich einen Tierarzt rufen? Ist es schlimm?"

„Nein, nein", beruhigte Zaz ihre Oma. „Sie hat sich eine Sehne gedehnt. Oder verstaucht. Auf jeden Fall ist das Bein ein wenig dick. Da darf Luna sich nicht so viel bewegen. Sie sollte also nicht mit der Herde herumrennen, sonst heilt das nicht ab. Ist es in Ordnung, wenn wir sie ein paar Tage hierlassen?"

Tine nickte. „Das ist doch klar! Wenn ein Pferd krank ist, dann müsst ihr euch darum kümmern und es nicht einfach weiter durch den Wald traben lassen. Aber bist du dir sicher, dass die anderen Pferde eure Luna einfach alleine lassen? Um ehrlich zu sein, möchte ich keine Herde hier vor der Pension haben. Die beiden Damen,

die deine Monsun gesehen haben, erzählen den anderen Gästen schon genug verstörende Geschichten von den gefährlichen Pferden im Wald …"
„Ich hoffe, die anderen Pferde werden irgendwann wieder verschwinden." Zaz sah Tine besorgt an. „Leider tun die eigentlich nur, was sie wollen. Was meinst du: Machen die beiden Frauen Stimmung unter den Gästen?" Sie zögerte einen Augenblick, bevor sie weiterredete. „Aber ich habe noch eine ganz andere Bitte: Kann Fee ein paar Tage bei uns wohnen? Bei mir im Zimmer? Sie möchte Luna nicht alleine lassen."
„Wissen ihre Eltern von euren Plänen?" Tine sah sie mit hochgezogenen Augenbrauen an.
„Noch nicht. Aber Fee würde sie natürlich sofort fragen. Ist ja nicht weit zu ihnen, die wohnen direkt auf der anderen Seite des Waldes."
Tine sah Zaz eine Weile an. „In deinem Zimmer? Bist du dir sicher? Hast du mir nicht noch vor weniger als drei Wochen erzählt, dass du am liebsten alleine bist?"
„Ja, aber das ist jetzt etwas ganz anderes!", rief Zaz. „Es geht doch darum, dass Luna nicht alleine ist. Und Fee hat mir echt viel geholfen, als ich in 14 Tagen reiten ler-

nen musste. Ohne sie hätte ich mich keine fünf Minuten auf Monsun halten können."

„Na, dann ist ja gut." Tine nickte. „Fees Eltern sollen bei mir vorbeikommen, wenn sie ihre Sachen bringen, in Ordnung? Ich will mir sicher sein, dass sie mit euren Plänen einverstanden sind."

„Du bist ein Schatz!" Stürmisch umarmte Zaz ihre überraschte Großmutter und lief zurück zur Horde.

„Du kannst hier in Donneracker wohnen!", rief sie Fee zu.

„Klasse! Kann ich hier irgendwo telefonieren? Im Wald gibt es ja nirgendwo Netz ..."

Zaz nahm Fee an die Hand. „Komm, ich bringe dich zu einem schönen altmodischen Telefon in der Pension."

Wenig später legte Fee den Hörer auf und strahlte. „Meine Mutter findet es gut, wenn ich mich um Luna kümmere und bei einer Freundin wohnen kann. Nicht mehr lange und sie bringt mir meine Tasche."

Während sie auf Fees Mutter warteten, verabschiedete sich der Rest der Horde.

„Wir wollen noch einmal nach den Radspuren sehen, die wir gestern entdeckt haben", erklärte Arpad. „Vielleicht hat das ja etwas mit diesem Mann zu tun, den ihr gestern gejagt habt. Möglicherweise ist er mit einem Rad unterwegs – das würde auch erklären, warum er die Medikamente so schnell besorgen konnte."

Zaz winkte den drei Reitern zu, die mit ihren Pferden im Wald verschwanden. Immerhin würden sich die Pensionsgäste nun wieder etwas entspannen. Das Letzte, was sie wollte, war noch mehr Ärger für Tine und ihre Pension wegen der Pferde. Wenn Gäste aus diesem Grund fernblieben, dann waren die Tage von Donneracker sicher gezählt.

Monsun schien sich nur schwer entscheiden zu können, ob sie den anderen beiden folgen sollte. Dann wieherte Luna leise nach ihren Freunden und das gab den Ausschlag: Monsun kehrte um und verschwand in der Scheune.

„Ob wir ihr die zweite Box einrichten sollen?", fragte Zaz leise. „Wir könnten ja die Tür offen lassen, damit Monsun sich nicht eingesperrt fühlt. Aber vielleicht leistet sie Luna Gesellschaft, dann ist sie nicht so allein!"

„Gute Idee", nickte Fee.

Sie streuten gerade den zweiten Stall mit Stroh ein, als

auch schon das Auto von Fees Mutter auf den Hof fuhr. Im nächsten Moment tauchte sie mit der Tasche in der Hand in der Scheunentür auf. „Fee?“, rief sie halblaut in das Halbdunkel des Stalles.

„Hier in der Box!“ Fee tauchte auf, Stroh in den Haaren und am T-Shirt hängend. Sie lief zu ihrer Mutter und umarmte sie. „Danke, dass ich hierbleiben darf. So kann ich mich wirklich besser um Luna kümmern.“

„Und ich soll keinen Tierarzt rufen?“, fragte Fees Mutter besorgt.

Fee machte eine wegwerfende Handbewegung. „Ach was. Die hat sich nur ein bisschen vertreten. Ein paar Tage Ruhe und alles ist wieder gut. Zum Glück hat Zaz' Stute beschlossen, dass sie auch hier im Stall bleibt, und so ist Luna nicht alleine.“

„Du bist also Zaz?“ Neugierig musterte die Frau Zaz, während sie ihr die Hand schüttelte. „Deiner Großmutter gehört Donneracker, hat Fee mir erzählt.“

Zaz nickte verlegen. Sie wusste zu gut, was Leute sahen, die sie so genau musterten: ein Mädchen mit langen dunkelblonden Haaren, die in ein durchschnittliches Gesicht hingen und meistens die grünen Augen und damit alle Gedanken verbargen. Lange dünne Beine. Alles nichts Besonderes.

„Dann sage deiner Großmutter doch bitte vielen Dank, dass wir Luna hier in den Stall stellen dürfen. Und dass Fee hier auch übernachten darf. Deine Oma soll einfach aufschreiben, was Fee hier isst und trinkt, das zahlen wir natürlich am Schluss."

Sie wirkt eigentlich recht freundlich, dachte Zaz. „Meine Großmutter wollte auch noch kurz mit Ihnen sprechen", sagte sie. Hastig fügte sie hinzu: „Sie möchte nur sichergehen, dass Fee wirklich bleiben darf!"

„Ich verstehe. Dann möchte ich euch bei der Stallarbeit auch gar nicht länger stören und gehe noch eben rüber in die Pension", erklärte die Frau und drückte Fee einen Kuss auf die Wange. „Ruf doch bitte hin und wieder mal bei uns an, versprichst du das?"

„Klar, Mama!", nickte Fee. Selbst Zaz war klar, dass dieses halbherzige Versprechen ganz sicher nichts wert war.

Sie blieben zu zweit in der Scheune zurück.

„Am besten sollten wir jetzt noch einmal Lunas Bein verarzten", schlug Zaz vor. „Kühlen, einschmieren. Das, was uns der Unbekannte geschrieben hat."

„Stimmt“, nickte Fee. „Wo gibt es Wasser?“

„Komm, ich bringe euch hin“, sagte Zaz lächelnd und griff nach Fees Hand.

Gemeinsam sorgten sie dafür, dass das kalte Wasser aus dem Gartenschlauch eine Viertelstunde über die Sehne der Stute lief. Danach rieben sie das Bein mit Arnika ein und schmierten noch einmal die Tonerde darüber. Luna schien die Behandlung zu genießen und blieb geduldig stehen. Ohne Halfter oder Strick.

Tine hatte gerade Fees Mutter verabschiedet und beobachtete die beiden Mädchen von der Terrasse aus bei der Arbeit. „Kommt doch zum Essen, wenn ihr mit den Pferden fertig seid“, schlug sie vor.

Das taten sie und später brachte Zaz Fee in ihr Zimmer und bezog das zweite Bett. „So, das müsste bequem sein!“

Als es dunkel wurde, legten die beiden Mädchen sich in ihre Betten. Eine Zeit lang redeten sie noch über den geheimnisvollen Mann, den sie am Vortag gejagt hatten. Wer konnte das nur sein? Wer reparierte nachts den Karren, wusste über Pferdebeine Bescheid und wollte sich doch nicht blicken lassen?

Ganz allmählich forderte die kurze letzte Nacht jedoch

ihren Tribut: Sie wurden müde und schliefen schließlich ein.

Es war tiefe Nacht, als Zaz wieder aufwachte. Auf den Stufen hatte es geknarrt – das sichere Zeichen dafür, dass dort jemand unterwegs war. Ein Blick auf die Uhr verriet ihr, dass es weit nach Mitternacht war. Sie setzte sich mit klopfendem Herzen auf. Kam der geheimnisvolle Fremde jetzt etwa nach Donneracker?
Ein Blick zur Seite ließ sie ruhiger atmen.
Fees Bett war leer.
Zaz sprang aus ihrem eigenen, zog sich eine Jacke über ihr Schlafshirt und folgte Fee nach unten. Vorsichtig stahl sie sich durch die Tür nach draußen. Normalerweise kletterte sie lieber aus ihrem Fenster, da war die Gefahr geringer, dass Tine oder einer der Gäste ihre nächtlichen Ausflüge bemerkte.
Zum Glück schliefen heute alle fest. Zumindest war das Haus totenstill.
Sie lief über die Wiese zur Scheune und die letzten Schritte zu Lunas Box. Die Stute lag im Stroh, an ihrer Seite Fee, die ihr immer wieder über den Hals strich.

„Ich hatte plötzlich Angst, dass sie einsam ist", sagte Fee leise. „Sie ist seit Jahren in keinem Stall mehr gewesen, da könnte es doch sein, dass sie in Panik gerät."
„Sieht aber nicht so aus", grinste Zaz und ließ sich selber neben Fee ins Stroh gleiten. „Eher im Gegenteil: Sie schläft doch ziemlich tief. Und Monsun wacht."
Sie hatte recht: In der Box nebenan stand Monsun und ließ das Treiben nicht aus dem Blick.
„Du hättest also ruhig in deinem bequemen Bett bleiben können. Hier ist alles friedlich." Zaz legte ihre Hand auf Fees Arm. „Gehen wir wieder?"
Fast unmerklich schüttelte Fee den Kopf. „Nein, ich bleibe lieber hier ... Vielleicht passiert ja doch noch etwas. Weiß man nie."
„In Ordnung." Zaz sah sich suchend um und griff dann nach einer alten grauen Pferdedecke, die auf einem Schrank lag. Vorsichtig breitete sie die Decke über ihrer Freundin aus. „Kann ja doch hin und wieder ganz schön kalt werden", murmelte sie dabei.
Fee lächelte nur und war schon wieder halb eingeschlafen, als Zaz sie mit den Pferden alleine ließ.
Bevor sie ging, umarmte Zaz noch Monsun. „Das

machsst du gut“, wisperte sie der Stute ins Ohr. „Du sorgst dafür, dass wir alle nicht alleine sind. Du bist wunderbar …“

Eine Entdeckung

„Wir müssen mit ihm sprechen!“ Fee ließ das Wasser aus dem Gartenschlauch über Lunas Bein laufen, während sie redete. „Er ist ganz offensichtlich nicht bösartig, sondern hilft uns. Wahrscheinlich ist er nur davongerannt, weil wir ihn erschreckt haben. Also wird es jetzt höchste Zeit, dass wir uns endlich mit ihm unterhalten.“ Sie standen vor den Rosenbeeten von Donneracker, weiter zur Scheune reichte der Schlauch nicht.

„Und wie willst du das hinkriegen?“ Zaz sah Fee zweifelnd an. „Möchtest du dieses Mal ein Briefchen schreiben und ihn zum Kaffee einladen?“

„Das ist nicht die blödeste Idee“, nickte Fee. „Aber vielleicht setzen wir uns auch einfach in unseren Karren und warten auf ihn. Vielleicht erschrickt er nicht so sehr, wenn wir ihn erwarten. Ich meine, der muss doch wissen, dass er es nur mit uns zu tun hat, oder etwa nicht?“

„Na, Arpad kann ganz schön furchterregend sein, wenn er will“, lachte Zaz. „Aber es stimmt: Der Rest von uns ist harmlos.“

„Also? Sollen wir heute Abend hingehen?“ Fee klang so, als würde sie am liebsten sofort losrennen.

„Und die anderen? Wo sind die heute überhaupt?“ Zaz sah immer wieder suchend zum Waldrand, aber der Rest der Horde war bisher nicht aufgetaucht.

„Arpad wird die Fahrradspuren verfolgen. Er hofft, dass er unseren geheimnisvollen Mann so finden kann. Er ist sich sicher, dass er mit dem Fahrrad unterwegs ist.“ Fee grinste. „Und vor allem muss er sich dann nicht um so langweilige Sachen kümmern wie Krankenbesuche.“

„Das ist nicht fair“, verteidigte Zaz den Hordenchef. „Er ist halt lieber so schnell wie möglich mit seinem Feuertanz unterwegs, das weißt du doch.“

„Ja, er kann schneller galoppieren als denken.“ Fee suchte mit der Hand nach dem Wasserhahn und drehte

ihn zu. „Das muss reichen. Luna bekommt sonst noch Schwimmhäute. Hast du Tonerde und Arnika dabei?“
„Klar“, nickte Zaz und reichte Fee den Topf.
Geschickt verteilte Fee die Tonerde auf dem Pferdebein. Wieder einmal war Zaz überrascht, was sie alles mit ihren Fingern ertasten konnte.
Als Fee fertig war, drehte sie ihren Kopf in Zaz’ Richtung. „Also, wie sieht es aus? Bist du heute Abend dabei? Sollen wir endlich das Geheimnis um diesen Mann lüften?“
Zögernd hob Zaz ihre Schultern. „Wenn du das für eine gute Idee hältst … Ich bin mir da nicht so sicher.“
„Aber ich!“ Fee lachte. „Komm, sei kein Frosch. Nach dem Abendessen gehen wir los. Deiner Oma sagen wir, dass du lernen musst – und ich dir dabei helfe. Da wird sie uns bestimmt nicht stören.“
„Das mit dem Lernen sollte keine Lüge sein“, stöhnte Zaz. „Wenn wir heute Abend losziehen, dann muss ich auf jeden Fall heute Nachmittag ein oder zwei Stunden über meinen Büchern verbringen. Lukas kann zwar alles toll erklären, aber ich vergesse von einem Tag auf den anderen die Hälfte wieder …“

„Abgemacht!“ Fee winkte Zaz und machte sich in Richtung der Scheune auf. Dabei hielt sie die Hand locker auf dem Mähnenkamm ihrer Stute. Es war unmöglich zu sehen, wer hier wen führte.

Die alte Standuhr im Flur schlug achtmal, als sie sich auf den Weg machten. Tatsächlich waren die anderen Hordenreiter am Nachmittag kurz aufgetaucht – hatten aber direkt wieder die Flucht ergriffen, als sie Zaz’ Bücher gesehen hatten. Nur Lukas war noch ein Weilchen geblieben und hatte Zaz geholfen, bis er sich wieder auf seinen Müller geschwungen und irgendetwas von Eltern, Kuchen und dringend nach Hause gemurmelt hatte.
Jetzt liefen Zaz und Fee durch den Wald, während Monsun weiter Luna Gesellschaft leistete. Zaz lief über die inzwischen vertrauten Pfade voraus und Fee folgte ihr direkt auf den Fersen, eine Hand auf Zaz’ Schulter.
So erreichten sie den Karren, noch bevor die Dämmerung endgültig in die Nacht überging. Die beiden Mädchen setzten sich auf die Stufen des Wagens. Zaz wollte noch eine Handvoll Kekse aus dem Vorrat der Horde holen und kam überrascht wieder hinaus.

„Stell dir vor, jetzt haben wir auch noch einen Teppich und neue Kissen. Nicht mehr lange und wir können Eintritt für unseren Karren verlangen!“ Sie legte die Kekse in die Mitte zwischen sich und Fee. „Sogar die Keksvorräte hat er aufgefüllt. Vielleicht würde es helfen, wenn ich einen Zettel schreibe, dass ich die mit der weißen Schokolade am liebsten habe?“

Fee lachte und schob sich einen Keks in den Mund. „Allmählich habe ich das Gefühl, er würde tatsächlich unsere Wünsche erfüllen. Wenn wir nur wüssten, warum …“

„Irgendwie muss ich mich ja dafür bedanken, dass ich in eurem Karren schlafen kann.“

Die Stimme kam völlig überraschend aus der Dunkelheit.

Die beiden Mädchen zuckten zusammen. Zaz musste sich zwingen, nicht schreiend davonzulaufen – und sie spürte, dass es Fee nicht anders erging.

„Wer … wer sind Sie?“ Zaz hörte, dass ihre Stimme zitterte.

„Mein Name ist Ben.“

Seine Stimme kam immer noch aus dem dunklen Schatten hinter dem Karren. Von da, wo das schwache Mond-

licht nicht hinkam. Sie hörten, wie er sich auf sie zubewegte. Unwillkürlich krallte Zaz ihre Finger in Fees Arm.
„Habt keine Angst. Ich wollte mich nur nicht weiter vor euch verstecken …"
„Aber wer sind Sie? Ich meine … warum sind Sie hier?" Zaz bemühte sich darum, dass ihre Stimme selbstsicherer klang. Ohne Erfolg.
„Darf ich mich zu euch setzen? Die Geschichte ist etwas länger." Der Mann wartete keine Antwort ab, sondern setzte sich auf einen Baumstumpf gegenüber der Treppe, auf der die beiden Mädchen saßen.
„Wie ich schon gesagt habe: Mein Name ist Ben. Ich bin der Vater von Arpad."
Einige Augenblicke herrschte Schweigen. Zaz hörte, wie Fee neben ihr vor Überraschung die Luft anhielt. Zaz' Gedanken rasten. Das sollte Arpads Vater sein? Wohnte der nicht bei einer Pflegefamilie? Wie kam man überhaupt in eine Pflegefamilie? Hatte Arpad eigentlich jemals erzählt, warum er nicht bei seinen Eltern wohnte? Irgendwie war Zaz davon ausgegangen, dass seine Eltern wahrscheinlich beide nicht mehr lebten. Und dass er deswegen nicht darüber sprechen wollte. Aber dieser

Mann hier war sehr lebendig. War das etwa wirklich Arpads Vater? Sie musterte ihn im schwachen Licht. Diese schmale Nase, diese dunklen Augen und hohen Wangenknochen … Kein Wunder, dass er ihr irgendwie bekannt vorgekommen war! Er sah seinem Sohn unglaublich ähnlich. Andersherum natürlich: Arpad sah seinem Vater ähnlich.

„Warum … Ich meine, wie … Also: Was machen Sie hier?", stammelte Zaz schließlich.

Der Mann rieb seine Hände gegeneinander. Dann seufzte er. „Arpad weiß nicht, dass ich hier bin. Das will ich auch immer noch nicht. Ich wollte nur sehen, wie es ihm geht. Als ich von seiner Pflegemutter gehört habe, dass er sich hier im Wald mit seinen Freunden trifft, dachte ich, das wäre eine gute Gelegenheit, ihn mal ohne die Aufsicht von Behörden oder Jugendamt zu sehen. Den Karren hatte ich schon bei meinem ersten Streifzug durch den Wald entdeckt. Am Anfang wusste ich ja gar nicht, dass er euch gehört. Oder dass er irgendetwas mit Arpad zu tun hat. Ich hielt es für eine glückliche Fügung des Schicksals, dass dieser Wagen genau in dem Wald steht, in dem ich meinen Sohn beobachten will. Und damit

ich es etwas bequemer habe, habe ich ihn repariert. Wer hat schon Lust, am Abend mit einer klemmenden Tür zu kämpfen? Oder einen quietschenden, hängenden Fensterladen zu schließen? Werkzeug war da, es waren ja nur ein paar Handgriffe, also habe ich das schnell gemacht."
Ben fuhr sich mit der Hand durch die Haare.

Zaz kam die Bewegung bekannt vor. Machte Arpad das nicht auch, wenn er nachdachte?

„Erst vorgestern, als ihr mich im Wagen überrascht habt, habe ich kapiert, dass ich aus einem blöden Zufall heraus ausgerechnet *euren* Karren zum Schlafen benutzt habe. Und dass es für euch natürlich merkwürdig ist, wenn da über Nacht Sachen repariert werden. Aber wie geht es denn der Schimmelstute? Wirkt die Tonerde?"

„Das ist Luna." Fee redete zum ersten Mal. Ihre Stimme klang merkwürdig abweisend. „Ja, die Tonerde hilft. Aber wir mussten Luna in eine Box einsperren, damit sie sich nicht bewegt. Das ist nicht schön für ein Pferd, das die totale Freiheit gewohnt ist … Aber sie wird ja bestimmt bald wieder gesund."

„Vernünftig, wenn du sie in eine Box gesperrt hast. Habe ich das richtig verstanden? Eure Pferde sind völlig frei hier im Wald? Ich habe das in den letzten Tagen immer wieder gesehen, aber ich war mir nicht sicher, ob sie euch Kindern nur davongelaufen sind – oder ob die Pferde wirklich so leben. Ist ja verrückt.“ Er lächelte und fuhr sich noch einmal durch die Haare.

„Die Pferde sind völlig frei. Und sie reißen nicht aus, sondern kommen zu uns, wenn wir sie rufen“, erklärte Fee kurz angebunden.

Da mischte Zaz sich wieder ein. Ihr lagen so viele Fragen auf der Zunge, dass sie ganz ihre Angst vergaß. Geschweige denn, dass sie Zeit gehabt hätte, über Fees merkwürdiges Verhalten nachzudenken. „Ich verstehe immer noch nicht, warum Sie hier sind. Warum sind Sie nicht einfach zu dem Haus gegangen, in dem Arpad lebt? Wenn Sie mit seiner Pflegemutter gesprochen haben, dann hätten Sie doch einfach auch mit ihm sprechen können. Dann hätten Sie sich nicht hier im Wald verstecken müssen wie ein Verbrecher!“

„Wie ich schon gesagt habe: eine lange Geschichte …“, wich der Mann aus. „Das ist alles nicht so einfach.“

„Noch viel weniger einfach ist es für Arpad.“ Fees Stimme klang bitter. „Haben Sie eine Ahnung, wie oft er mit seiner Pflegefamilie Streit hat? Immer wenn er nicht so funktioniert, wie die sich das vorstellen, erzählt seine Pflegemutter ihm etwas vom Jugendamt und von einem Heim, in das er wieder kommen könnte. Arpad ist kein glücklicher Junge, der hier durch den Wald galoppiert und seine Freiheit genießt. Wissen Sie das?"

Einen Augenblick lang war es still.

„Ich hatte gehofft, dass er glücklich ist", seufzte der Mann. „Seine Pflegefamilie schien mir nett – und seine Pflegemutter ist doch ganz vernünftig. Zumindest in allen Gesprächen mit mir war sie immer sehr verständnisvoll. Aber sie trägt natürlich auch die Verantwortung für Arpad. Das kann bei einem Jungen, der seine Freiheit so liebt, auch sehr schwer sein ..."

Zaz hörte ihm stirnrunzelnd zu. In ihren Ohren klang das wie eine Rechtfertigung.

Aber Fee schien nicht zufrieden zu sein. „Wann haben Sie ihn denn das letzte Mal gesprochen? In den letzten Jahren nicht. Das hätte er sicher erzählt – und ich habe ganz schön viel Zeit mit ihm verbracht! Wenn er über seinen Vater spricht, und das ist selten genug, dann nur darüber, dass er nicht da ist. Dass sein Vater ihn verraten hat."

„Er weiß doch überhaupt nicht, wer ich bin. Arpad hat mich nicht gesehen, seit er zwei Jahre alt war.“ Die Stimme des Mannes wurde immer leiser, er klang verlegen.
„Zwölf Jahre?“ Fast hätte Zaz ihre Frage herausgeschrien. Zwölf Jahre lang hatte Ben sich nicht um seinen Sohn gekümmert? „Und jetzt tauchen Sie hier auf und schleichen um uns herum? Warum das denn? Da hätten Sie ihn ja auch weiter in Ruhe lassen können!“
„Richtig, warum sind Sie ausgerechnet jetzt, in diesem Sommer, in unseren Wald gekommen?“ Fee klang anklagend. „Was hat sich denn geändert im Vergleich zu den letzten zwölf Jahren? Und wann genau wollten Sie Arpad erzählen, wer Sie wirklich sind? Ach ja, richtig: Er soll ja gar nicht erfahren, dass Sie hier sind!“
„Wie ich schon gesagt habe: Das ist alles nicht so einfach … und auch nicht so schnell erzählt.“ Er klang immer noch leise und mutlos.
„Dann wird es Zeit, dass Sie allmählich mit dem Erzählen anfangen“, sagte Zaz trocken. Sie war sich nicht sicher, ob sie diesen Mann nett oder schrecklich finden sollte. Er klang freundlich – aber wie konnte er nur zwölf Jahre lang seinen Sohn weder sprechen noch sehen? Sie

war sich nicht sicher, ob Arpad ihm je verzeihen könnte. „Es wird sonst nämlich ganz schön spät."

„Also gut", murmelte Ben. „Ich versuche mal, alles der Reihe nach zu erzählen. Es fing damit an, dass ich eine echt glückliche Familie hatte. Vierzehn Jahre ist das her. Meine Frau bekam einen kleinen Sohn. Sie wollte ihn unbedingt Arpad nennen. Damit er ein wilder, freier Geist wird. Ihr Sohn sollte kein angepasster Langweiler werden, das war ihr großer Wunsch. Er sollte werden, wie sie selber war: immer voll Widerspruch und auf der Suche nach dem großen Abenteuer." Man hörte seiner Stimme an, dass er bei der Erinnerung lächelte.

„Der Wunsch ging in Erfüllung", murmelte Zaz. „Und dann?"

„Wir hatten zwei wunderbare Jahre. Wir wollten ein zweites Kind, am liebsten ein Mädchen. Und dann, an einem sonnigen Sommermorgen, wurde meine Frau von einem Lkw überfahren. Einfach so. Sie war sofort tot."

Auf einen Schlag war das Lächeln aus seiner Stimme verschwunden. Trotz all der Zeit, die vergangen war, hörte man immer noch seine Trauer und seine Verzweiflung.

Zaz suchte nach einer passenden Bemerkung. Irgendetwas. Aber alle Worte, die ihr einfielen, wirkten zu klein oder zu unbedeutend im Angesicht eines so großen Unglücks. Also blieb sie still. Und Fee schien es ebenso zu gehen.

Arpads Vater schluckte, bevor er leise weiterredete. „Ich habe danach total versagt. Habe zu viel getrunken, meinen Job verloren – und dann wurde auch noch unsere Wohnung gekündigt. Als ich für Arpad hätte da sein müssen, habe ich nur daran gedacht, wie schlecht es mir geht und wie übel und dunkel mein Leben ohne meine Frau ist. Schlimmer hätte es nicht sein können, das kann ich auch nicht schönreden. Als ich keine Wohnung mehr hatte, hat sich das Jugendamt eingeschaltet. Sie haben mir Arpad weggenommen. Völlig klar: Ich habe mit ihm auf der Straße gelebt. Kein Ort für einen Zweijährigen. Also kam er erst in ein Heim, dann in die erste Pflegefamilie, dann dahin, wo er heute ist … Ich denke, das war auf jeden Fall besser, als bei mir zu bleiben."

„Und dann? Was ist in den letzten zwölf Jahren passiert?! Wo haben Sie sich denn in all der Zeit versteckt?" Zaz sah den Mann fassungslos an. Seinen Gesichtsausdruck konnte sie in der Dunkelheit nicht erkennen.

„Haben Sie sich überhaupt *ein* Mal bei Arpad gemeldet?“ Fee klang ebenfalls wütend. „Ich glaube es kaum. Ich verstehe ja, wenn man traurig ist. Ist ja auch echt schlimm, was da mit Ihrer Frau passiert ist. Aber zwölf Jahre lang kein einziges Wort? Was haben Sie sich denn dabei gedacht?“

„Ich habe mich geschämt.“ Bens Stimme war noch leiser geworden.

Zaz dachte sich, dass sie noch nie so einen Erwachsenen gehört hatte. Die waren doch eigentlich immer total selbstsicher, wussten, wo es langging, und hatten für alles eine Lösung. Zumindest bei ihren Eltern war das so. Die hatten ja sogar Lösungen für alle anderen. Bei diesem Mann war alles anders.

Ben fuhr mit seiner Geschichte fort: „Irgendwann habe ich begriffen, dass ich so nicht weitermachen konnte. Ich war ständig besoffen, habe unter Brücken gelebt – und an einem halbwegs nüchternen Morgen wurde mir klar, dass ich in irgendeinem kalten Winter erfrieren werde. Oder total betrunken in den Fluss falle und ertrinke. Da habe ich beschlossen, dass ich etwas ändern muss. Aber das ist eben nicht so einfach. Okay, ihr werdet sicher sagen: Der muss doch nur Wasser trinken und wieder arbeiten gehen, dann funktioniert das schon. Aber ich kann euch versichern, dass es sehr viel schwerer ist. Wer keine Wohnung hat, bekommt auch keinen Job. Und wer keinen Job hat, der bekommt auch keine Wohnung. Und wenn man das einmal festgestellt hat, dann kann es schon sein, dass man sich wütend wieder eine Flasche Bier öffnet. Versteht ihr das?"

„Was ist denn Ihr Beruf?" Das war Fee.

„Tierpfleger. Ich habe in einem Zoo gearbeitet. Mit Tieren habe ich mich immer ganz gut verstanden. Habe immer gewusst, was sie brauchen oder was ihnen fehlt. Auf jeden Fall brauchte ich ganz schön Glück, um wieder auf die Füße zu kommen … Irgendwann hat mir jemand einen Job auf Probe gegeben. Wieder in einem Zoo. Und dann ist alles besser geworden. Seit einem Jahr habe ich also wieder einen Beruf, ich habe eine kleine Wohnung – und jetzt habe ich mir gedacht, dass ich endlich wieder meinen Sohn sehen will. So viele Jahre habe ich verloren. Ich wusste aber nicht, wie ich das anstellen sollte. Ich konnte doch nicht mal eben bei seiner Pflegefamilie klingeln und fröhlich sagen: *Da bin ich!*" Ben seufzte.

„So einfach funktioniert das nicht. Deshalb will ich jetzt erst einmal sehen, wie es ihm geht. Ob er glücklich ist. Also habe ich meinen kompletten Jahresurlaub genommen und bin hierhergekommen."

„Woher wussten Sie denn, wo er lebt?", wollte Zaz wissen.

„Das war einfach. Wenn dein Kind bei Pflegeeltern wohnt, dann erfährst du immer, unter welcher Adresse es lebt. Ich habe hin und wieder mit Arpads Pflegemutter telefoniert. Selten genug. Daher wusste ich aber die Sache mit den Pferden. Ich musste also nur hierherfahren. Und dann habe ich Arpad beobachtet, bin hinter ihm her in den Wald gelaufen. Wie ich schon gesagt habe: Er sollte nicht wissen, dass ich da bin. Aber hier habe ich gesehen, dass er ein Händchen für Tiere hat. Besser gesagt: mit Pferden. Toll, was ihr da macht." Man hörte, dass Ben wieder lächelte. „Pferdeflüstern könnte man das nennen."

Fee zuckte verlegen mit den Schultern. „Für uns ist es ganz normal. Wie soll man denn anders mit Pferden umgehen?"

Zaz und Fee warteten darauf, dass Ben weitersprach, und das tat er.

„Den Rest habe ich euch schon gesagt: Ich dachte, es wäre eine kluge Idee, in diesem Karren hier zu übernachten. Zumindest dachte ich das bis zu dem Moment, als ihr mich erwischt habt und ich davongelaufen bin. Und als sich die Schimmelstute – wie, sagst du, heißt sie? Luna? – wehgetan hat. Aber ihr müsst euch keine Sorgen machen, das ist mit der Tonerde und der Arnika bestimmt in ein paar Tagen wieder gut."

Er beendete seine Geschichte und es wurde still.

Zaz dachte ein Weilchen nach. „Und wie geht es jetzt weiter?", wollte sie wissen.

Im Dunkeln konnte sie nur erahnen, dass Ben die Schultern hob. „Wenn ich das mal wissen würde. Was wollt ihr denn jetzt tun? Jetzt, wo ihr meine Geschichte kennt?"

„Arpad muss unbedingt wissen, dass sein Vater hier im Wald ist!", rief Zaz. „Es kann doch nicht sein, dass er keine Ahnung davon hat! Er hat Sie wahrscheinlich vermisst! Jedes Kind träumt doch davon, bei seinen eigenen Eltern zu sein, oder etwa nicht?"

„Langsam, langsam!" Fee schüttelte mit Nachdruck den Kopf. „Arpad redet nicht viel über seine Pflegefamilie. Oder seine Pflegemutter. Oder seine echten Eltern. Aber wenn er es tut … dann ist er immer wütend. Und zornig. Und zwar nicht auf seine Pflegemutter. Sondern immer auf seinen Vater, der ihn vergessen hat. Er ist enttäuscht und fühlt sich verraten von ihm. Seine Pflegemutter ist nur die Wärterin von dem Gefängnis, in das sein Vater ihn gesteckt hat …"

„Da hat er ja auch recht", murmelte Ben. „Ich habe mich nie bei ihm gemeldet. Weil ich mich geschämt habe, dass ich so schrecklich versagt hatte nach dem Tod seiner Mutter. Er hätte mich doch gebraucht … Und jetzt wollte ich erst einmal sehen, ob er mich denn überhaupt noch braucht. Ich glaube aber, das tut er gar nicht. Er wirkt ganz glücklich hier mit seinem Leben und den Pferden im Wald. Da störe ich doch nur."

„Diese Entscheidung müssen Sie *ihm* überlassen", sagte Zaz mit allem Nachdruck. „Es mag ja sein, dass er mit uns und den Pferden recht glücklich ist. Aber mit seiner Pflegefamilie? Ich kenne ihn nicht so gut wie Fee, aber ich finde, er streitet sich ganz schön häufig mit ihr."

Sie schwiegen eine Weile.

Dann seufzte Fee. „Egal, heute Abend werden wir Arpad nicht mehr mit seinem aufgetauchten Vater überraschen. Ich würde sagen, Sie übernachten noch einmal hier in unserem Karren. Und morgen früh kommen Sie nach Donneracker und sagen ihm, wer Sie sind. Dann können wir weitersehen. Ist das in Ordnung?"

„Sicher. Ich hoffe nur, dass er mich überhaupt treffen möchte …" Bens Stimme klang immer noch unsicher.

„Das werden wir dann ja sehen." Fee lachte leise. „Bei Arpad kann man eigentlich nie vorhersehen, wie er sich verhalten wird."

Zaz erhob sich und klopfte den Staub der Stufen von ihrer Hose. „Ja, dann … dann sehen wir uns morgen früh in Donneracker." Sie zögerte einen Augenblick, bevor sie weiterredete. „Und vielen Dank dafür, dass Sie uns den Karren repariert haben. Und sich um Luna gekümmert haben. Das ist nett. Danke."

Sie und Fee verabschiedeten sich und machten sich schweigend auf den Nachhauseweg.

„Was meinst du? Ist der morgen noch da oder verschwindet der jetzt über Nacht?" Fee wirkte nachdenklich.

„Keine Ahnung. Aber es wäre doch mehr als blöd, wenn er sich jetzt versteckt. Irgendwann muss er sich doch seinem Sohn mal stellen. Nicht zu glauben, dass er wirklich

Arpads Vater ist … Stell dir mal vor, deine Eltern wären verschwunden. Ich meine …“ Zaz dachte nach. „Ich bin nun echt nicht der größte Fan meiner Eltern, aber ein Leben ohne sie – das kann ich mir nicht vorstellen.“

„Ich auch nicht“, gab Fee zu. „Meine Eltern sind ohnehin ziemlich cool. Mit Luna erlauben sie mir ganz schön viel.“

Der Mond stand schon hoch am Himmel, als sie wieder in Donneracker ankamen.

Die beiden Mädchen besuchten noch einmal die Pferde im Stall. Luna lag in ihrer Box, Monsun stand vor Lunas Tür und schien auch diese Nacht über ihre Freundin zu wachen.

Zaz streichelte ihrer Stute über die weichen Nüstern, während Fee in Lunas Box ging und sich zu ihr setzte.

„Hoffentlich hat dieser Ben recht und das wird bald wieder“, murmelte sie.

„Ich denke schon. Tierpfleger haben doch auch Ahnung von Krankheiten, oder?“ Zaz hoffte inständig, dass das stimmte.

Es dauerte eine ganze Weile, bis sie sich von den Pferden trennten und endlich ins Bett gingen.

Arpads Flucht

Angestrengt sah Zaz zum Waldrand. Nichts rührte sich. Seit dem Frühstück saß sie mit Fee vor dem Stall. Gemeinsam warteten sie auf den Rest der Horde. Ben war schon in den Morgenstunden erschienen und wartete in der Scheune darauf, dass sein Sohn auftauchte.

„Wann sie wohl kommen?“ Fee stupste sie von der Seite an. „Kannst du sie schon sehen?“

„Keine Sorge! Wenn sich da was bewegt, bist du die Erste, die es erfährt.“ Zaz sah nervös nach hinten.

Sie hatten Ben gebeten, in der Scheune zu bleiben. Arpad, Ann-Sophie und Lukas waren in den letzten Tagen immer irgendwann im Laufe des Vormittags aufgetaucht und hatten nachgesehen, wie es Luna ging. Erst dann

waren sie zu einem längeren Ritt durch den Wald aufgebrochen.
Aber heute sollte alles anders sein: Zaz und Fee wollten Arpad von ihrer Entdeckung der Nacht erzählen. Heimlich träumte Zaz schon von einem rührseligen Wiedersehen wie im Hollywood-Film. Wenn alles in Zeitlupe lief und die kitschige Musik mit den Geigen erklang. Klar, in Wirklichkeit war immer alles anders. Würde es vielleicht wenigstens ein bisschen wie bei einem dieser Filme sein?
Doch erst einmal musste Arpad auftauchen. Und deswegen sah Zaz weiter zum Waldrand. Dahin, wo sich immer noch nichts rührte. Sie hörte das Grasrupfen von Luna und Monsun, die Seite an Seite auf dem Grün standen und dafür sorgten, dass die Lichtung von Donneracker nicht zu einer hohen Wiese wurde. Lächelnd beobachtete sie die beiden. Sie sahen unglaublich friedlich aus. Wie Freundinnen.
Sie hatte den Gedanken noch nicht einmal richtig beendet, als mit einem Mal die Köpfe der Pferde nach oben flogen, Monsun laut wieherte und sich in Richtung des Waldes in Bewegung setzte. Von dort tauchten die drei

anderen im flotten Trab auf. Allen voran Arpad, wie immer von der langen Mähne seines Feuertanz fast verborgen.

Vor der Scheune sprangen Arpad, Ann-Sophie und Lukas ab. „Guten Morgen!“, begrüßte Arpad Zaz und Fee. „Was macht unsere Luna?“

„Die Sehne ist schon fast abgeschwollen“, antwortete Fee. „Sie kann bestimmt bald wieder mit der Horde laufen. Aber da gibt es etwas noch viel Wichtigeres, das wir euch erzählen müssen ...“

„Habt ihr endlich unser Heinzelmännchen gefunden?“ Lukas klang neugierig. „Oder habt ihr letzte Nacht doch alles verschlafen?“

„Bullshit“, winkte Zaz ab. „Klar waren wir unterwegs. Und wir haben da eine Entdeckung gemacht ...“

Jetzt, als es so weit war, versagte ihr die Stimme. Wie sagte man so etwas?

Arpad sah sie fragend an. „Was ist denn los? Ist es so schwer zu beschreiben? Habt ihr ein Monster gefunden? Gibt es die Hobbits wirklich? War er tatsächlich mit dem Fahrrad unterwegs und die Spuren stammten von ihm? Jetzt sag schon endlich!“

„Wir haben einen Mann gefunden. Der ist nicht zufällig hier im Wald, sondern er hat uns beobachtet. Also eigentlich nur dich, Arpad. Und zwar deswegen, weil er sehen will, wie es dir geht. Er ist sich nicht sicher, ob du dich freust, wenn du ihn siehst. Aber wir haben ihm gesagt, dass du ihn bestimmt sehen willst …"
Arpad schüttelte ungeduldig den Kopf und fuhr sich durch die Haare. „Was redest du da um den heißen Brei herum? Jetzt rück schon raus: Wen habt ihr gefunden?"
„Ja, also." Zaz stieß Fee Hilfe suchend an.
Fee schien sich allerdings nicht so sicher zu sein, dass diese Begegnung wirklich eine gute Idee war. Sie räusperte sich. „Es ist so … Der Mann ist hier im Wald, weil er dich seit Jahren nicht gesehen hat."
Zaz drehte sich um und winkte in Richtung der Scheune. Was sollte sie groß herumreden, Ben konnte seinem Sohn doch einfach selber erklären, dass er ihn gerne wiedersehen wollte.
Langsam trat Ben aus der Tür. Jetzt, im hellen Licht des Tages, fiel noch sehr viel mehr auf, wie ähnlich er seinem Sohn sah.

Er trat neben Zaz und Fee. „Hallo, Arpad", sagte er mit heiserer Stimme.
Arpad sah ihn verwundert an. „Und darf ich jetzt mal erfahren, wer Sie sind? Woher kennen Sie mich?" Er runzelte die Stirn, als er Ben genauer ansah. „Oder sollte ich das wissen?"
„Das ist Ben. Er ist dein Vater, Arpad!", platzte es aus Zaz heraus. „Er wollte unbedingt sehen, ob es dir gut geht. Was du so machst. Und deswegen schläft er in unserem Karren …"
Mit einem Schlag veränderte sich Arpads Gesicht. Es wechselte von verwundert erst zu fassungslos und dann zu wütend. Sehr wütend.
„Das kann doch nicht …" Seine Stimme wurde lauter. „Und warum habt ihr ihm nicht einfach gesagt, dass er in unserem Karren nichts verloren hat?" Er wurde noch lauter, er schrie fast. „Und in meinem Leben auch nicht? Er ist abgehauen – das ist so lange her, dass ich mich nicht einmal mehr an ihn erinnern kann. Er hat sich nie gemeldet, einfach nie. Es hat ihn einen Dreck interessiert, ob ich in eine neue Klasse komme oder ob ich Ärger mit meinen Pflegeeltern habe!"

„Aber *jetzt* ist er da!“, rief Zaz. „Es ist doch nie zu spät, um …“
„Halt endlich deine Klappe!“, fuhr Arpad sie an. Dann wandte er sich an Ben, der immer noch schweigend neben Zaz stand. „Und dich brauche ich nicht. Nie. Du hast kein Recht, hier zu sein! Hier geht es mir gut, aber das hast du jetzt kaputt gemacht!“ Damit drehte er sich um, rannte die wenigen Schritte zu Feuertanz, sprang auf dessen Rücken und drückte die Fersen in die Seiten. Gehorsam jagte Feuertanz los. Einen letzten Blick konnte Zaz in Arpads Gesicht werfen. Er sah so zornig aus, wie sie ihn noch nie gesehen hatte.
Im Renngalopp raste Feuertanz mit seinem Reiter in den Wald. Einige Sekunden lang konnte man noch seine trommelnden Hufe hören, dann war er verschwunden.
Es wurde wieder still auf der Wiese.
Das Schweigen schien Zaz eine Ewigkeit zu dauern.
Dann murmelte Ben: „Ich habe doch gleich gesagt, dass er mich bestimmt gar nicht sehen will. Wahrscheinlich hätte ich verschwinden sollen, noch heute Morgen.“
„Blödsinn“, murmelte Zaz. „Es war falsch von mir zu glauben, dass Arpad bei so einer großen Sache nur mit

den Schultern zuckt und Ihnen die Hand gibt. Ich habe wohl zu viele Kitsch-Familienfilme gesehen. Aber vielleicht braucht Arpad nur ein bisschen Zeit ..."

Sie fühlte sich schuldig. Wenn sie Ben nicht überredet hätte, dann wäre er heute Morgen wahrscheinlich nicht hier aufgetaucht.

„Und jetzt?" Das war Ann-Sophie. „Dieses romantische Wiedersehen ging ja mal komplett in die Hose." Sie funkelte Zaz an. „Wenn du Arpad so gut kennen würdest wie wir, dann hättest du das gewusst."

„Ich habe doch auch gehofft, dass dieses Treffen irgendwie gut geht. Der kommt schon wieder", erklärte Fee. „Er war überrascht und wusste erst mal nicht, was er tun sollte. Ihr kennt Arpad doch: Bevor er lange nachdenkt, schwingt er sich lieber aufs Pferd und galoppiert los. Irgendwann kann Feuertanz nicht mehr oder Arpad kommt wieder zur Besinnung. Dann denkt er ein Weilchen nach und kommt wieder. Wir müssen hier nur abwarten, das ist alles."

„Na, hoffentlich hast du da recht", sagte Ben besorgt. „Er sah gerade eben nicht so aus, als würde er sich schnell wieder beruhigen."

„Und was machen wir, bis Arpad sich wieder eingekriegt hat?", wollte Lukas wissen. „Wir wollen doch nicht etwa den ganzen Tag hier vor der Scheune sitzen und auf seine Rückkehr warten!" Er sah in die Runde seiner Freunde, die alle keine Anstalten machten, sich zu bewegen. Er seufzte. „Oder doch?"

„Nein!" Ben erhob sich und sah die schiefen Türen der Scheune an. „Wenn ich das richtig sehe, dann ist inzwischen euer Karren wieder in Ordnung – aber diese Scheune sieht wie eine einzige Baustelle aus! Vielleicht sollte ich mich mal darum kümmern?"

„Vielleicht sollten Sie sich darüber erst einmal mit mir unterhalten?" Tine, die sich plötzlich einschaltete, klang alles andere als freundlich.

Ben fuhr herum. „Ich wollte mich nur nützlich machen … Aber wenn Sie das lieber nicht wollen, dann ist das kein Problem. Das Tor wird allerdings nicht mehr lange halten. Hängt an einem einzigen Scharnier."

Tine musterte den Mann, der da vor ihr stand. Nicht sehr groß, die Haare schwarz-grau, freundliches Gesicht, dunkle Augen, kräftige Hände. „Wer sind Sie eigentlich? Ich habe Sie hier bei den Kindern stehen sehen …"

Ben streckte ihr seine Hand entgegen. „Mein Name ist Ben. Ben Steiner. Ich habe die Kinder gestern im Wald kennengelernt."
„Sie sind also der geheimnisvolle Mensch, der den Karren repariert hat." Der Satz war eine Feststellung, keine Frage. „Und jetzt wollen Sie auch noch meine Scheune reparieren. Darf ich fragen, warum?"
„Ich ..." Ben schien nach Worten zu suchen.
„Er ist Arpads Vater!", erklärte Fee. „Er hat Arpad seit einer Ewigkeit nicht mehr gesehen, eigentlich fast seit er ein Baby war. Und jetzt wollte er ihn heimlich beobachten. Deswegen war er im Karren."
Tine sah Fee mit gerunzelter Stirn an. Die Geschichte, die Zaz' Freundin da erzählt hatte, schien in ihren Ohren nicht sehr viel Sinn zu ergeben. „Ich kann keine Heimlichkeiten leiden", sagte sie streng.
„Aber das war doch nicht ...", versuchte Zaz zu erklären. Da hob Ben seine Hand, um sie zum Schweigen zu bringen – und selber zu reden. „Sie müssen sich keine Sorgen machen. Das hier ist nur das Ergebnis einer ziemlich verzwickten Situation in meiner Familie. Ich wollte Arpad nicht mit meinem plötzlichen Auftauchen nach

über zwölf Jahren erschrecken, das ist alles." Er machte eine unbestimmte Handbewegung in Richtung des Waldes, in den Arpad vor wenigen Minuten verschwunden war. „Obwohl mir das ziemlich missglückt ist, wenn ich das richtig sehe."

Tine nickte nur. „Und jetzt?" Sie sah Ben mit hochgezogenen Augenbrauen an.

Nachdenklich knetete Ben seine kräftigen Hände. „Ich habe das Gefühl, dass ich nicht so schnell wieder abhauen sollte. Wenn Arpad sich beruhigt und zurückkommt – und ich bin dann schon wieder weg ... Dann verliere ich sein Vertrauen womöglich für immer. Ich würde also gerne hier auf ihn warten." Er sah Tine bittend an. „Wenn Sie nichts dagegen haben."

Tine seufzte. „Es kann ja nicht schaden. Arpad regt sich immer wahnsinnig auf, macht unüberlegte Sachen – und wird dann doch nach ein paar Stunden wieder vernünftig. Zumindest habe ich ihn in den letzten Jahren so erlebt. Wahrscheinlich wird er auch dieses Mal wieder zurückkommen. Es dauert womöglich ein bisschen länger, vielleicht sogar bis morgen. Aber deshalb würde ich mir erst einmal keine großen Gedanken machen." Sie musterte Ben nachdenklich. „Und wenn Sie sich die Zeit mit dem hängenden Tor meiner Scheune vertreiben wollen, dann sind Sie dazu eingeladen. Ich würde mich sogar mit einer Einladung zum Mittagessen dafür bedanken!"

„Das Angebot nehme ich gerne an!", nickte Ben. „Wenn ich ein wenig meine Hände bewege, komme ich vielleicht auch auf andere Gedanken. Denn wer weiß, vielleicht habe ich es mir ja wirklich für immer mit meinem Sohn verscherzt ..."

Der Rest der Horde sah sich ratlos an. „Und was machen wir, während Arpad durch den Wald galoppiert?", fragte Fee.

„Na, ich würde sagen, wir machen ein Spaziergang zum Teich", schlug Ann-Sophie vor. „Wir können es ja mal langsam angehen lassen. Und Lunas Bein wird bestimmt schneller gesund, wenn es gründlich gekühlt wird."

Fee drehte sich in die Richtung, in der zuletzt Ben zu hören gewesen war. „Was meinen Sie? Kann ich das mit Lunas Bein wagen?"

„Aber sicher", nickte er. „Das Wasser wird ihr guttun. Und ein bisschen Bewegung auch. Aber nur im Schritt, vergesst das nicht! Viel Spaß!"

Pferd ohne Reiter

Dieses Mal hatte ihr Aufbruch wenig mit den üblichen Auftritten der wilden Horde zu tun. Sie trotteten gemächlich in den Wald, Fee setzte sich hinter Lukas auf den freundlichen Herrn Müller.

Zaz saß entspannt auf Monsun. „Hat Arpad so etwas schon einmal gemacht?“, fragte sie neugierig, während sie in einen schattigen Weg unter lauter Birken einbogen.

„Davongaloppieren, wenn es schwierig wird?“ Ann-Sophie lachte. „Einmal ist gar kein Ausdruck. Wenn sogar deine Oma das schon mitbekommen hat! Nein, Arpad haut immer ab, wenn es schwierig wird. Der kann das gar nicht anders.“

„Und … wie lange braucht er, bis er wiederkommt? Sieht meine Oma das auch richtig?“ Zaz sah Ann-Sophie fragend an.

„Schwer zu sagen. Bis jetzt war er spätestens am nächsten Tag wieder da. Die Sache mit seinem Vater hat ihn allerdings heftig erwischt. Du kennst ihn noch nicht so lange – aber weißt du, was er hin und wieder erzählt? Dass er eigentlich von dem Hordenführer Dschingis Khan abstammt! Ist natürlich komplette Fantasy, keiner von uns hat ihm geglaubt.“ Ann-Sophie dachte ein paar Momente lang nach, bevor sie leise weiterredete. „Aber ich denke, irgendwie hat er davon geträumt, dass es stimmt.“

Jetzt mischte sich auch Lukas ein. „Ist doch klar, dass jemand wie Arpad hofft, eigentlich total großartige Eltern zu haben. Geheimagenten, Könige, Superhelden oder so. Arpad hat es in seiner Pflegefamilie ja nicht so leicht. Erzählt er selten, aber wenn er mal was sagt, dann geht es immer darum, dass ihm etwas verboten wird, er für ein paar Tage nicht mehr in den Wald kommen darf oder so. Also hat er sich einen ganz tollen echten Vater ausgedacht. Und dann taucht so ein ganz normaler Durch-

schnittstyp auf und behauptet, dass er der richtige Daddy wäre? Ist doch eine Enttäuschung! Und ein Schock."
So ausführlich hatte Zaz Lukas noch nie reden gehört. Aber er kannte Arpad so lange wie keiner der anderen, das hatte Zaz inzwischen begriffen. Also wusste er das eine oder andere, was den anderen entgangen war.
Heimlich ärgerte Zaz sich über sich selbst. Warum nur hatten sie Lukas nicht um Rat gefragt, als sie Ben in dem Schäferkarren gefunden hatten? In ihrer Begeisterung über eine glückliche Familienzusammenführung hatte sie keine Sekunde darüber nachgedacht, dass so etwas auch nach hinten losgehen konnte.
Schweigend ritten sie weiter durch den Wald. Monsun war völlig entspannt, rupfte hin und wieder ein Blättchen von einem Strauch und fühlte sich merklich wohl unter Zaz' Gewicht. Langsam ließ Zaz sich nach hinten sinken, bis sie mit dem Rücken auf Monsuns Rücken lag. Sie schloss ihre Augen und sah nur noch die Lichtflecken, die durch ihre Lider schienen. Wenn es nach Zaz ging, dann hätte sie ewig so weiterreiten können. Der langsame Viertakt, der Geruch nach Pferd und das warme Fell …

Sie hörte, wie Lukas und Fee sich leise unterhielten. Lukas war offenbar ziemlich besorgt über Arpad – während Fee ihn beruhigte. Wenn Zaz das richtig verstand, dann war Fee der Meinung, dass Arpad manche Sachen auch deswegen durchzog, weil es eine gute Show war.
Mit einem Schlag blieb Monsun stehen. Zaz richtete sich wieder auf und merkte, dass sie schon angekommen waren. Fee lockte ihre Luna in hüfttiefes Wasser und stand dann einfach neben ihr und streichelte sie, während sie ihrer Stute immer wieder erklärte, dass sie jetzt bitte, bitte schnell gesund werden sollte.
Zaz lächelte. Kein Wunder. Ohne Luna war Fee sehr viel mehr auf Hilfe von anderen angewiesen. Und wenn es etwas gab, was Fee nicht leiden konnte, dann war es genau das.
Lukas ließ seinen Herrn Müller direkt neben Luna planschen. Immer wieder hob das gewaltige Kaltblut die großen Hufe und ließ sie ins Wasser fallen. Jedes Mal ergoss sich ein Regen über Lukas, Müller, Luna und Fee. An so einem heißen Sommertag machte das aber wirklich niemandem etwas aus. Im Gegenteil: Ihr lautes Lachen schallte durch den Wald.

Zaz lenkte ihre Stute in etwas tieferes Wasser. Monsun senkte den Kopf und trank in großen Schlucken, während Zaz ihre Füße ins Wasser hängen ließ.

Ann-Sophie war abgestiegen und hatte sich auf den niedrigen Ast eines Baumes gesetzt. Sie kaute auf einem Grashalm herum und sah angestrengt in das Dickicht und Schilf, das diesen Teich umgab.

„Was suchst du?“, wollte Zaz wissen.

„Na, irgendwo müssen sich doch immer noch diese Biker rumtreiben. Wir haben ja eine Zeit lang gedacht, dass unser heimlicher Handwerker mit dem Rad unterwegs ist. Doch das stimmt anscheinend nicht. Wegen der Geschichte mit Arpads Vater sollten wir nicht vergessen, uns weiter um diese Spuren zu kümmern. Ich habe aber so ein Gefühl, als ob die Biker bald wieder auftauchen würden. Meinst du nicht?“ Ann-Sophie klang angespannt.

„Nein. Und wenn doch, dann werden unsere Pferde – oder Fee – sofort merken, dass wir nicht alleine sind. Du solltest dich also entspannen …“ Zaz lächelte. „Jetzt gebe ich dir schon Ratschläge zu den Pferden. Lächerlich.“

„Nein, ist es nicht.“ Ann-Sophie sah sie ernst an. „Du

hast dich ganz schön schnell in unsere Pferdesache eingedacht. Musst ein Naturtalent sein. Oder das Erbe von deinem Opa schlägt durch …“ Sie sah wieder zu den Büschen. „Und doch lässt mir die Sache mit diesen Bikern keine Ruhe. Was, wenn sie uns wieder Fallen stellen? Wieder damit anfangen, unsere Pferde zu quälen?“

„Ich denke, die sind erst einmal froh, wenn sie uns nicht sehen“, lächelte Zaz. „Und jetzt komm von deinem Baum runter und geh mit uns schwimmen. Kann ja nicht sein, dass du als Einzige trocken davonkommst!“

Widerstrebend kletterte Ann-Sophie herunter und ließ sich auf den Rücken von ihrem großen Fuchs Kronos gleiten. Sie lenkte ihn gemächlich ins Wasser. „Was seid ihr eigentlich alle für Langweiler?“, rief sie dann. „Es kann ja sein, dass unsere Pferde im Moment nur langsam unterwegs sein dürfen. Aber wir könnten doch ein bisschen mehr Action machen!“

Ann-Sophie zog ihre Beine nach oben, stellte sich auf Kronos und machte einen Salto ins Wasser. Prustend kam sie wieder nach oben. „Wer mich einholt, ist ein Held!“, rief sie und kraulte in Richtung des anderen Ufers los.

Lukas und Fee taten es ihr gleich, während Zaz ihnen noch einen Moment verblüfft hinterhersah. Dann stellte auch sie sich auf Monsun, drückte ab und machte einen Hechtsprung ins Wasser. Wäre doch gelacht, wenn sie es nicht schaffen würde, die anderen noch zu überholen. Immerhin war sie die Einzige, die neben dem Reiten hin und wieder joggen ging. Und tatsächlich überholte sie den gemächlich dahinpaddelnden Lukas und die neben ihm schwimmende Fee schon nach wenigen Metern. Nur Ann-Sophie war genauso schnell wie sie – und so kamen die zwei gleichzeitig am Ufer an.

Sie drehten sich um – und sahen die vier Pferde, die ihnen mit hoch erhobenen Köpfen hinterhersahen. Offensichtlich waren die Tiere sich nicht sicher, ob sie ihnen doch noch folgen sollten.

„Kommt, schnell zurück!", rief Ann-Sophie. „Wenn sie jetzt losschwimmen, dann wird Luna mitmachen. Das kann für ihr Bein nicht gut sein!"

Dieses Mal war es allerdings kein Wettrennen, sondern nur ein gemütliches Zurückschwimmen zu den Pferden, die allesamt bis zu den Bäuchen ins Wasser gegangen waren und jeweils auf ihren Reiter warteten.

Zaz zog sich an Monsuns Mähne nach oben. Sie waren alle tropfnass, einer wie der andere. Wieder einmal hatte keiner von ihnen an Badeanzug oder Badehose gedacht – und so waren sie in ihren Hosen und T-Shirts schwimmen gewesen. Ann-Sophie wrang sich ihre Haare aus.
„Jetzt müssen wir extralangsam reiten“, meinte sie. „Sonst müsst ihr Tine auch noch erklären, warum ihr ausseht wie frisch gebadete Mause.“
„Da ist sie anders als die anderen Erwachsenen“, erwiderte Zaz kopfschüttelnd. „Tine ist cool, die glaubt nicht, dass wir aus Zucker sind.“
So langsam es nur irgend ging, ritten sie zurück nach Donneracker. Der Mittag war schon lange vorbei und sie alle längst wieder trocken, als sie die Scheune erreichten. Ben war dort noch immer mit dem großen Tor beschäftigt.
„Ist er zwischendurch aufgetaucht?“, fragte Ann-Sophie, noch bevor sie von den Pferden abgestiegen waren.
Ein Kopfschütteln war die einzige Antwort. Sie konnten in Bens Gesicht lesen, wie enttäuscht er war.
„Morgen ist er bestimmt wieder da!“, versuchte Lukas so etwas wie einen Trost.

Widerstrebend verabschiedeten sie sich voneinander. Sie alle dachten das Gleiche: Hoffentlich stimmte das, was Lukas da gesagt hatte.

Ihre Hoffnung sollte sich nicht erfüllen. Am nächsten Vormittag traf die Horde sich vor der Scheune, aber wieder waren sie nur zu viert.
„Vielleicht ist er ja am Schäferkarren?", schlug Lukas vor. Keiner wollte es wirklich glauben, aber gemeinsam mit Zaz sah er nach, ob er nicht doch recht hatte.
Als sie den Karren verlassen auf der großen, leeren Lichtung fanden, schüttelte Lukas enttäuscht den Kopf. „Irgendwie war ich mir sicher, dass er hier auf den Stufen hockt und darauf wartet, dass er mit seinem Vater irgendwas besprechen kann …"
Zaz dachte an Arpads Gesicht. Wenn er wütend war, dann wirkte er so abweisend und fremd, dass man ihn kaum erkannte. Ihre ersten Begegnungen mit ihm waren noch nicht lange her – und sie erinnerte sich daran, wie sehr er ihr Angst einjagt hatte. Was, wenn dieser fremde Arpad jetzt das Sagen hatte? Dann konnte es länger dauern, bis er auch nur irgendjemanden an sich heranließ.

„Reiten wir zurück zu den anderen“, sagte sie schließlich. „Hier können wir nichts bewegen.“
„Hast ja recht“, nickte Lukas. Als er zu seinem Müller ging, stutzte er und sah überrascht auf den Boden. „Von wegen, die halten sich fern!“, rief er.
Zaz sah auf die Stelle, wo er hindeutete. Fahrradspuren. Ganz nah an ihrem Karren.
Sie hatte sich in den Bikern getäuscht: So wie es aussah, waren sie schon wieder auf Ärger aus.
„Puh, als hätten wir nicht genug Sorgen.“ Sie sah die Spuren mit einem Kopfschütteln an. „Aber ich denke, wir müssen erst einmal wieder vollzählig sein. Ohne Arpad hat es doch keinen Sinn, sich noch einmal in den Krieg mit den Bikern zu stürzen. Oder?“
„Sehe ich auch so“, bestätigte Lukas. „Reiten wir zurück nach Donneracker. Vielleicht gibt es da was Neues.“
Auch diese Hoffnung ging nicht in Erfüllung.
Ann-Sophie und Fee saßen vor der Scheune und sprangen auf, als die anderen beiden herankamen. Aber sobald ihnen klar wurde, dass sie Arpad nicht dabeihatten, setzten sie sich enttäuscht wieder hin.
Ann-Sophie stocherte mit einem dünnen Ästchen auf

dem Boden herum. „Und was machen wir jetzt? Sollen wir ihn suchen?“

„Miese Idee. Der will nicht gefunden werden“, erklärte Lukas. „Der wollte ja auch nicht plötzlich seinen Vater vorgeführt bekommen.“

Eine Weile herrschte ratloses Schweigen.

Dann hob Fee mit einem Ruck den Kopf. „Da kommt Feuertanz!“, rief sie. „Hört doch hin!“

Die anderen lauschten eine Weile angestrengt in den Wald.

„Ich höre nichts“, erklärte Zaz.

In derselben Sekunde wieherte Luna aus dem Stall heraus. Die anderen drei fielen mit ein. Müller tief und brummelnd, Kronos laut und kräftig. Und dann sogar Monsun.

„Es ist wirklich Feuertanz!“, rief Ann-Sophie. „Sie würden bei keinem anderen Pferd so ein Theater machen!“

In diesem Augenblick hörten auch Zaz und die anderen endlich den schnellen Dreitakt. Ein Pferd näherte sich im Galopp – und so, wie sich der Rest der Pferde benahm, gab es keinen Zweifel, um wen es sich da handelte.

Die vier sprangen auf und sahen zum Wald hin, wo jede

Sekunde Feuertanz auftauchen musste. Sie hörten noch einmal ein Wiehern, dann sprang der Rappe über die Hecke am Waldrand und rannte auf die anderen zu.
Fee merkte es als Erste. „Arpad ist nicht dabei!“, rief sie.
„Aber …“ Zaz kniff die Augen zusammen, um besser sehen zu können. Arpad verschwand meistens in der langen Mähne von Feuertanz, es war nicht immer leicht, ihn zu erkennen. Aber dieses Mal fehlte er wirklich.
Der schwarze Hengst und die anderen Pferde trafen aufeinander und steckten die Nüstern zusammen. So als wollten sie sich über den Austausch ihres Atems die neuesten Nachrichten erzählen. Zum Glück war Luna noch nicht in ihrer Box eingesperrt gewesen und konnte dazukommen.
Ann-Sophie fand als Erste wieder Worte. „Aber … Feuertanz würde Arpad doch niemals davonlaufen! Da ist etwas passiert. Mit Arpad. Oder was meint ihr?“
Zaz musterte den Rapphengst. An seinen Flanken lief der Schweiß hinunter, zwischen den Hinterbeinen und an den Halsseiten sah sie weißen Schaum. Seine Nüstern waren geweitet, sie erkannte das Rote an den Innenseiten. In seinen Augen blitzte es weiß.

„Was immer ihm da passiert ist, es scheint ihn schrecklich aufzuregen“, stellte sie fest.
Kopfschüttelnd und schnaubend umkreiste Feuertanz den Rest seiner Herde – immer wieder, so als wollte er sich vergewissern, dass sie da waren.
Unbemerkt von ihnen allen war auch Ben vor die Scheune getreten und sah den Rappen mit verschränkten Armen an. „Ich glaube nicht, dass er weggelaufen ist“, sagte er schließlich. „Er sieht eher so aus, als hätte Arpad ihn fortgeschickt. Auch wenn mir nicht klar ist, warum er das tun sollte.“
Mit einem Schlag wurde Zaz kalt. Wenn Arpad seinen Hengst nach Hause geschickt hatte, dann wollte er ihn nicht mehr sehen. Oder er war an einem Ort, wo er kein Pferd halten konnte. So oder so – das klang nicht, als ob Arpad sehr schnell wieder zurückkehren würde.
Etwas Ähnliches schien auch Ann-Sophie zu denken. Sie sah nachdenklich den schweißnassen aufgeregten Feuertanz an. „So wie es ihm geht, so sieht es gerade in Arpads Seele aus“, murmelte sie schließlich leise. „Feuertanz weiß auch nicht, was er hier machen soll. Weil sein Platz doch an einer ganz anderen Stelle ist …“

„… nämlich an der Seite von Arpad“, vollendete Ben den Satz. „Aber ich nehme an, das bedeutet, dass Arpad heute nicht mehr kommt. Und wenn ich ehrlich bin, dann würde ich auch morgen nicht mit ihm rechnen.“

Eine Weile standen sie noch ratlos zusammen. Irgendwann sperrte Fee ihre Luna wieder in die Box. „Zur Sicherheit“, wie sie sagte. „So aufgeregt, wie Feuertanz ist, rennen die Pferde vielleicht den ganzen Nachmittag durch den Wald. Und das wäre zu viel für Lunas Bein.“

Wenig später verabschiedeten sich Ann-Sophie und Lukas.

Schwarze Trauer

Feuertanz blieb bei Monsun und Luna. Aber er war immer noch schrecklich aufgeregt. Wieder und wieder riss er seinen Kopf nach oben und starrte zum Waldrand, so als müsste Arpad da jede Sekunde hinter einem Baum hervortreten. Aber dort tauchten nach einer Weile nur Kronos und Herr Müller auf. Sie hatten ihre Reiter bis zum Waldrand gebracht und waren jetzt wieder bei der Herde. So wie jede Nacht.

Tine kam in der Dämmerung über die Wiese. Sie lächelte, als sie das Scheunentor ansah, das jetzt, ohne zu quietschen, in seinen Scharnieren auf- und zuschwang. „Kommt, ihr könnt mit den Pensionsgästen essen." So eine Einladung ließen sich Zaz und Fee nicht entgehen.

Aber Ben winkte ab. „Ich habe doch schon Mittag gegessen. Das ist wirklich zu viel für das bisschen Arbeit. Ich bin dann morgen wieder da. Wenn ich darf."
„Klar dürfen Sie!" Tine lächelte ihn zum ersten Mal an. „Wer so tüchtig ist, ist mir immer willkommen. Und meine Liste an Reparaturwünschen ist fast endlos. Sie können also noch eine ganze Weile hier auf Ihren Sohn warten …" Sie wurde ernst. „Obwohl ich wirklich hoffe, dass Arpad nicht zu lange braucht, um zu begreifen, dass er sich mit seinem Vater aussprechen muss. Egal, wie es dann weitergeht."
Ben hob die Schultern. „Wenn das mal nicht länger dauert als mein Urlaub. Dann muss ich wieder zurück zu meiner Arbeit. Ich bin froh genug, dass ich eine gute Stelle gefunden habe!"
„Wo arbeiten Sie denn?" Tine sah ihn interessiert an.
„Als Tierpfleger in einem Zoo. Das macht mir Spaß, ehrlich", erklärte Ben. Er fuhr sich mit den Händen durch die Haare und wandte sich zum Gehen. „Aber jetzt habe ich Sie lange genug mit meiner Anwesenheit gequält. Bis morgen. Und vielen Dank für Ihre Freundlichkeit. Ich weiß das zu schätzen, das können Sie mir glauben."

Damit verschwand er.
Fee und Zaz wussten, dass er nun durch den Wald zu ihrem Karren lief, um dort zu schlafen. Aber jetzt fanden sie das nicht mehr unheimlich.
„Und das ist wirklich Arpads Vater?“, wunderte Tine sich noch einmal. „Ist ja merkwürdig, dass ausgerechnet er euer geheimnisvoller Helfer ist. Was mag er all die Jahre nur getan haben?“ Sie kratzte sich am Kopf. „So, aber jetzt kommt endlich zum Essen!“
Auf der Terrasse hatten schon die beiden Damen Platz genommen, die vor ein paar Tagen versucht hatten, die grasende Monsun zu „fangen“.
„Werden das jetzt jeden Tag mehr?“, fragte eine von ihnen. Sie sah ängstlich zu den fünf Pferden hinüber.
Zaz lachte. „Keine Sorge!“, rief sie. „Jetzt ist die Herde komplett, mehr kommen nicht mehr!“
Die beiden Frauen sahen sich an. Richtig beruhigt wirkten sie nicht. „Fünf Pferde, die völlig frei herumlaufen“, murmelte eine. „Wir sind doch nicht im Wilden Westen …“
Zaz lächelte den beiden einfach noch einmal zu und setzte sich gemeinsam mit Fee ein wenig abseits von den

Tischen, die mit Pensionsgästen besetzt waren. Mit zu wenigen Gästen, das wusste sie inzwischen auch. Nur vier Zimmer hatte Tine vermietet, und das mitten in den Sommerferien. Kein Wunder, dass das Geld überall fehlte.
Fee strahlte, als Tine ihr das Schnitzel mit Pommes brachte. „Das ist so lecker!“, schwärmte sie. „Ich glaube, ich ziehe direkt bei Ihnen ein.“
„Das kann deine Mutter doch bestimmt auch“, sagte Tine. „Schnitzel ist jetzt wirklich nicht die große Küchenkunst.“
„Kann sie nicht!“, widersprach Fee und säbelte sich ein großes Stück ab. „Meine Mutter ist die schlechteste Köchin der Welt. Sagt sie selber. Aber vielleicht kann sie bei Ihnen in die Schule gehen …“
In dieser Sekunde tönte ein lautes Wiehern von Feuertanz zu ihnen herüber.
„Er vermisst Arpad“, stellte Fee fest. Mit einem Schlag wurde sie wieder ernst. „Hoffentlich kommt er bald zurück.“
Tine sah zu dem Hengst hinüber. „Wenn Arpad nicht wiederkommt, dann kann das lange dauern“, meinte sie leise. „Ihr hättet Monsun sehen sollen, nachdem Felix

gestorben war. Sie hat tagelang nichts gegessen. Ich habe wirklich geglaubt, dass sie ihm einfach hinterhersterben will. Und sie blieb ja auch wütend und unnahbar, bis Zaz hier aufgetaucht ist. Wie gesagt: Das kann ewig dauern. Und bei manchen hört diese Trauer um den perfekten Partner einfach nie auf."

Einen Augenblick lang war Zaz sich nicht sicher, ob Tine da über Pferde redete – oder doch über den Tod ihres Mannes. Zaz erinnerte sich nicht an ihren Großvater, aber sie hatte inzwischen einige Bilder von Tine und Felix gesehen. Und immer lächelten sich die beiden auf eine sehr vertraute Weise an. Wie Verbündete.

Zaz mochte diese Bilder.

Bis sie an diesem Abend ins Bett gingen, hörten sie immer wieder, wie der schwarze Hengst nach seinem Reiter rief.

„Das klingt traurig", murmelte Fee, bevor sie einschlief.

Zaz lag noch lange wach und lauschte in die Nacht.

Am nächsten Morgen war Feuertanz noch unruhiger. Während die anderen vier Pferde gelassen die Wiese vor der Pension abgrasten, zog er unaufhörlich seine Runden. Verschwand im Wald, tauchte wieder auf. Galoppierte eine Runde um die Lichtung, stellte sich zu den anderen, um dann doch nur seine Mähne zu schütteln und sich erneut auf den Weg zu machen.

Ben, der sich jetzt an den Fenstern der alten Scheune zu schaffen machte, sprach aus, was auch alle anderen wussten: „Er leidet. Ohne Arpad fühlt er sich nicht vollständig."

„Frisst er eigentlich etwas?", fragte Zaz plötzlich. „Er rennt immer nur herum und sucht nach Arpad. Aber hat einer von euch seit gestern gesehen, dass er auch mal etwas frisst?"

„Nein … eigentlich nicht", sagte Ann-Sophie. „Aber ich glaube, das ist nicht so schlimm. Pferde können schon mal ein paar Tage nichts fressen, ohne dass sie aus den Hufen kippen."

„Stimmt", nickte Ben. „Aber es ist nicht gut für sie. Wir müssen das beobachten. Wenn er weiterhin nichts frisst, dann müssen wir etwas machen."

„Und was?" Zaz sah ihn neugierig an. „Wir können ihn ja kaum dazu zwingen, endlich seinen Hafer zu futtern."

„Das nicht", lächelte Ben. „Aber wir können ihn verführen …"

Einen Tag später fing Ben mit seinem Verführungsprogramm an. Er kochte einen Brei aus Hafer, Leinsamen, Äpfeln, Möhren und reifen Bananen und hielt den gefüllten Eimer vor Feuertanz' Nase. Der roch nur kurz daran, bevor er sich wieder auf seinen ruhelosen Weg rund um die Lichtung und am Waldrand entlang machte.

Ben seufzte. „Das war wohl nichts. Mal sehen, was mir noch einfällt."

Als Feuertanz das nächste Mal kam, bot er ihm ein wenig altes Brot an, wenig später bekam er einen Trog voller eingeweichter Zuckerrübenschnitze. Das Ergebnis blieb dasselbe: Feuertanz ließ sich nicht zum Fressen verführen, während die anderen Pferde sich mit Begeisterung auf die Leckereien stürzten.

„Wir können nur hoffen, dass irgendwann sein Hunger siegt!", meinte Ben schließlich. „Aber offensichtlich ist er ein ebenso großer Sturkopf wie sein Reiter. Und um den mache ich mir allmählich immer größere Sorgen. Was, wenn er eine richtige Dummheit begangen hat?"

„Was soll er schon tun? Er verkriecht sich bei seiner Familie. Ich meine: seiner Pflegefamilie." Zaz sah Ben an. „Oder an was haben Sie gedacht?"

„Ich weiß nicht …" Ben schüttelte den Kopf. „Ich kenne ihn nicht so gut wie ihr. Aber wenn er mir ähnlich ist – und ich habe das Gefühl, das ist er –, dann könnte es doch sein, dass er etwas Unüberlegtes tut. So wie seinen Feuertanz wegschicken …"

„Ach was. Wahrscheinlich hat er sich nur in sein Zimmer eingesperrt." Aber schon während sie es sagte, merkte Zaz, dass das nicht stimmen konnte.

Auch die beiden nächsten Tage brachten keine Neuigkeiten. Feuertanz verweigerte das Fressen, egal, was sie ihm anboten und welche Kräuter Ben in sein Futter mischte. Sein Fell wurde glanzlos und struppig. Und von Arpad gab es keine Spur.

Nur Luna wurde in dieser Zeit wieder gesund. Ben fuhr noch einmal über ihr Bein und verkündete dann, dass er keine dicke oder warme Stelle mehr finden konnte. Sie durfte also endlich wieder mit der Herde frei durch den Wald ziehen.

Sie ließen die Stute an einem Abend aus ihrem Stall.

„Vielleicht beruhigt sich Feuertanz ja jetzt, wenn alles wieder so ist, wie es immer war", murmelte Ann-Sophie,

als die komplette Herde im Wald verschwand. „Vielleicht hat es ihn ja nur gestört, dass Luna eingesperrt war. Könnte doch sein."
Fee, die neben Ann-Sophie stand, schüttelte den Kopf. „Er ist so unendlich traurig – es ist wie eine Wolke um ihn herum. Das kann nicht nur an einer lächerlichen Box liegen."
„Warten wir ab, ob die normale Umgebung ihn diese Nacht beruhigt", meinte Ben. Aber er klang ebenso wenig überzeugt wie Fee.
Für eine letzte Nacht blieb Fee bei Zaz in Donneracker.
Es war spät in der Nacht, als sie in der Dunkelheit leise flüsterte: „Schläfst du, Zaz?"
„Nein. Ich muss ständig an Feuertanz denken. Und an Arpad", bekannte Zaz und setzte sich in ihrem Bett auf.
„Mir geht es genauso." Fee schlug ihre Bettdecke zurück und setzte sich zu Zaz auf die Bettkante. „Gibt es denn irgendetwas, was wir tun könnten?"
Zaz seufzte. „Das überlege ich auch die ganze Zeit. Aber mir fällt nichts ein. Am liebsten würde ich Arpad fesseln und zu Feuertanz bringen. Wie kann er seinen besten Freund so sehr in Stich lassen?"

„Ich denke, er ist im Augenblick zu sehr mit sich selbst beschäftigt“, vermutete Fee. „Er kann nicht auch noch darüber nachdenken, wie es seinem Pferd geht. Wahrscheinlich denkt er, dass Feuertanz in seiner Herde gut aufgehoben ist und er sich keine Sorgen um ihn machen muss.“

„Arpad sollte doch wissen, dass er selbst zu der Herde gehört.“ Zaz dachte nach. „Die Pferde vertrauen uns. Und wir vertrauen ihnen. Das darf man doch nicht einfach so hinwerfen und sich vom Acker machen. Finde ich.“ Sie seufzte. Nichts anderes stand *ihr* bevor. In knapp drei Wochen waren diese Ferien vorbei und sie musste zurück zur Schule. Weg von Monsun.

Fee schien Gedanken lesen zu können. „Kannst du dir denn vorstellen, dass du Monsun einfach so alleine lässt?“

„Vorstellen?“ Zaz lachte bitter auf. „Das muss ich mir nicht vorstellen. Das wird die Wirklichkeit sein, wenn diese Sommerferien vorbei sind. Dann muss ich wieder nach Hause. Und ich kann froh sein, wenn ich meine Mum jedes zweite Wochenende überreden kann, dass ich Tine, Donneracker, Monsun und euch alle besuchen darf. In der Schule darf ich dann auch nicht schlechter werden.“ Sie schlug sich mit der Hand gegen die Stirn. „Mist. Vor lauter Sorge um Feuertanz habe ich die letzten beiden Tage ganz vergessen, dass ich mit Lukas lernen wollte! Morgen muss ich wieder ran. Sonst bekomme ich gewaltigen Ärger. Und ich weiß, was das bei meinen Eltern bedeutet.“

„Lenk jetzt nicht von dem eigentlichen Problem ab“, sagte Fee ernst. „Wie, denkst du, soll Monsun es verkraften, wenn du einfach wieder verschwindest? Wochenlang bist du ein Teil ihres Lebens, ihrer Herde. Und dann? Mit einem Schlag bist du wieder weg. Dann bist du verantwortlich, wenn es ihr nicht gut geht.“

„Was soll ich denn machen?“ Zaz war den Tränen nah. „Soll ich jeden Tag nur noch eine Stunde zu ihr gehen, damit sie sich nicht zu sehr an mich gewöhnt? Das hat doch alles keinen Sinn!“

„Nein. Ich habe nur nachgedacht. Wir nehmen die Freundschaft und das Vertrauen unserer Pferde als etwas Selbstverständliches. Aber das ist es nicht. Es ist etwas ganz Besonderes, wie ein Geschenk. Da bin ich mir sicher.“ Fee klang nachdenklich.

Zaz stand auf und sah aus dem Fenster. Wie so oft hatte

sich mit Einbruch der Nacht ein Nebel über die Wiese vor der Pension gelegt. Sie konnte deutlich sehen, wie fünf Schemen sich langsam bewegten.
„Sie sind hier", flüsterte sie. „Sie verstecken sich nicht im Wald heute Nacht. Sie sind alle hier bei uns."
„Sollen wir zu Ihnen gehen?" Fee wartete die Antwort gar nicht erst ab. Sie zog sich eine Jacke über das Shirt, in dem sie schlief, und öffnete die Tür.
Zaz folgte ihr.
Die knarrenden Treppen und die quietschende Tür nach draußen schienen auch in dieser Nacht niemanden zu wecken. Leise schlichen sie über den Hof auf die Wiese. Noch bevor sie irgendeinen Ton sagen konnten, tauchten Monsun und Luna Seite an Seite im Nebel auf.
„Da sind unsere Pferde", erklärte Zaz, damit Fee wusste, was vor sich ging.
„Ich weiß", sagte Fee. „Ich spüre Luna, wenn sie in meiner Nähe ist. Es ist, als wären wir irgendwie miteinander verbunden." Sie lachte verlegen auf. „Klingt albern. Aber verstehst du, was ich meine?"
„Ja." Zaz streichelte über Monsuns Stirn. „Ich weiß ganz genau, was du da beschreibst. Es ist, als hätte man einen

Teil von sich bei seinem Pferd gelassen. Und das Pferd gibt dafür einen Teil seiner Seele in unsere Hände. Und deswegen reicht es beim Reiten, wenn wir uns auch nur eine Gangart oder ein Ziel vorstellen … Es ist wie Flüstern. Nur leiser."

Monsun schien zu verstehen, was sie da sagte. Sie blieb ganz ruhig stehen und blies Zaz sanft ihren Atem ins Gesicht.

„Und wenn ein Pferd dir einen Teil seiner Seele gibt, dann bist du dafür verantwortlich", nickte Fee.

Mit einem Schlag tauchte Feuertanz neben Zaz auf und sah sie aus seinen großen glänzenden Augen an. Bewegungslos. So als ob er ihr eine dringende Botschaft überbringen wollte.

„Wir müssen Arpad suchen", murmelte Zaz. Und dann, etwas lauter: „Fee, es gibt keinen anderen Weg. Wir müssen nach Arpad suchen. Er darf sich nicht einfach so aus Feuertanz' Leben schleichen. Feuertanz ist sein bester Freund, Arpad muss sich um ihn kümmern. Oder er verrät den Teil von Feuertanz' Seele, den er mit sich herumträgt."

Fee streichelte weiter über Lunas Stirn. „Du hast recht",

flüsterte sie leise. Und dann wiederholte sie: „Unsere Pferde sind unsere Freunde, wir sind für sie verantwortlich.“

Schweigend blieben sie bei ihren Pferden stehen, während Feuertanz sie immer wieder umkreiste und sie auf seine Weise darum bat, endlich etwas zu tun.

Wo ist Arpad?

Ihre Hoffnungen erfüllten sich auch weiterhin nicht. Als die Horde sich am nächsten Morgen am Schäferkarren traf, war Arpad immer noch verschwunden.

Feuertanz stand etwas abseits. Er rührte sich nicht, sein Kopf hing nach unten, die Ohren waren nach hinten gedreht und die Augen hatten jeden Glanz verloren. Er sah aus, als hätte er alle Hoffnung aufgegeben. Seine Bitten der letzten Nacht hatte niemand gehört.

„So kann das nicht weitergehen!“, rief Zaz. „Wir müssen jetzt endlich etwas unternehmen.“

„Und was?“ Ann-Sophie sah sie mit hochgezogenen Augenbrauen an. „Möchtest du Feuertanz den Hafer mit dem Löffelchen geben, damit er endlich wieder frisst?“

„Quatsch.“ Zaz sah die anderen eindringlich an. „Wir suchen Arpad. Er kann seinen Feuertanz nicht einfach so alleine lassen. Ihr wisst doch sicher, wo er wohnt?!“

„Das schon …“ Lukas klang nicht überzeugt. „Aber wir können doch nicht einfach bei seiner Pflegefamilie vor der Tür auftauchen und erklären, dass wir nach Arpad suchen.“

„Warum denn nicht?“, erwiderte Zaz. „Was kann schon passieren – außer, dass sie die Tür wieder zuknallen? Bestimmt wissen die, wo er steckt. Wahrscheinlich hat er sich einfach in seinem Zimmer verkrochen und wir müssen ihn nur aus diesem Loch herausziehen.“

„Ich finde, Zaz hat recht.“ Das war Fee. „Wir können hier nicht rumsitzen, einen Tag nach dem anderen verstreichen lassen und zusehen, wie es Feuertanz immer schlechter geht.“

Einen Moment lang herrschte Schweigen.

„Ich bin dabei!“ Lukas sah entschlossen aus. „Für Arpad. Und für Feuertanz.“

„Dann wäre das beschlossene Sache“, meinte Ann-Sophie schließlich. „Wann soll es losgehen? Sofort?“

„Ich denke, das wäre das Beste“, nickte Zaz.

„Soll ich euch begleiten? Hin und wieder kann ein Erwachsener recht nützlich sein." Das war Ben, der ihnen bis dahin schweigend zugehört hatte.
Zaz schüttelte den Kopf. „Auf gar keinen Fall. Wenn Arpad Sie sieht, dann wird er sich nur noch mehr in sein Schneckenhaus zurückziehen. Nein, das müssen wir alleine mit ihm klären." Sie lächelte Ben entschuldigend an. „Ich hoffe, das können Sie verstehen."
Ben nickte nur. Er sah aus, als hätte er mit dieser Antwort gerechnet.
„Also, los?" Lukas sprang schon auf sein Pferd, während er noch fragte.
Auch die anderen schwangen sich auf ihre Pferde und sie machten sich im flotten Trab auf den Weg.
Zaz spürte, wie aufgeregt sie war. Sie hatte mit Monsun noch nie den Wald verlassen. Was, wenn sie ihr nicht gehorchte? Sie reihte sich hinten neben Fee und Luna ein, während Lukas mit Müller und Ann-Sophie mit Kronos vorneweg ritten. Feuertanz folgte der Gruppe mit ein wenig Abstand.
„Viel Glück!", rief ihnen Ben noch nach.
Dann waren sie unterwegs.

Der Wald war ihnen vertraut, hier kannten sie jeden Pfad und jeden Weg, jeden Baum und jeden Busch.
Aber nach einiger Zeit erreichten sie den Waldrand. Lukas setzte sich an die Spitze und führte die Gruppe in die kleine Stadt, in der alle außer Zaz lebten. Er wählte die kleineren Nebenstraßen – und doch fielen die Pferde ohne Sattel und Zaumzeug schnell auf. Zaz sah einige Kinder, die auf sie deuteten. Dann einen Mann, der ein Foto von ihnen machte. Sie bemühte sich, ein möglichst freundliches Gesicht zu machen.
Als sie in eine besonders enge Straße bogen, standen große Mülleimer in ihrem Weg. Offensichtlich war die Müllabfuhr hier noch nicht gewesen. Oder keiner hatte es für nötig gehalten, die großen schweren Dinger wegzuräumen.
Kronos betrachtete die Müllcontainer, schnaubte laut und fing an, auf der Stelle zu tänzeln. Ann-Sophie streichelte ihm über den Hals. „Ganz ruhig, mein Großer, dir passiert doch nichts“, murmelte sie immer wieder. Aber der große Fuchs schien sich eher noch mehr aufzuregen. Auf seinem Hals zeigten sich feuchte Schweißflecken. Auch Zaz spürte, wie Monsun sich unter ihr anspannte.

Der Rücken wurde steif, es fühlte sich an, als würde die Stute auf Zehenspitzen laufen. Wenn jetzt noch irgendetwas passierte, dann würde Monsun explodieren, da war Zaz sich sicher.

„Du musst tief atmen", hörte sie plötzlich Fees Stimme neben sich. „Es ist deine Aufgabe, Monsun Sicherheit zu geben. Wenn du die Luft anhältst, so wie jetzt, dann macht sie es dir nach."

Wieder einmal hatte Fee recht. Zaz zwang sich, ganz tief zu atmen und Beine und Rücken zu entspannen. Trotzdem spürte sie durch den dünnen Stoff ihrer Laufhose, wie Monsuns Herz schneller schlug.

„Richtig ruhig wird die nicht", flüsterte sie Fee verzweifelt zu.

„Einfach weiter entspannt atmen. Sie findet das hier alles aufregend. Kein Wunder, sie war nicht mehr weg von Donneracker, seit sie ein Fohlen war. So eine Stadt hat sie noch nie gesehen." Fees Stimme klang so friedlich, als würde sie aus einem Märchenbuch vorlesen.

Zaz versuchte sich zu entspannen. Was sich als schwierig erwies, weil Monsun jetzt alle Muskeln an ihrem Rücken so fest anspannte, dass Zaz sich fühlte wie auf einem

Brett. Einem rutschigen, glatten Brett. Heimlich griff sie in die lange Mähne der Stute.
In dem Moment kam eine Frau aus einem der Häuser, nickte den Kinder auf den Pferden zu und griff nach einem Mülleimer, um ihn wieder in die Garage zu ziehen. Ratternd und lärmend setzte sich das Ding in Bewegung. Auf diesen Anlass hatte Monsun offenbar nur gewartet. Sie stieg und machte einen gewaltigen Satz nach vorne. Zaz krallte sich in der Mähne fest, geriet aber trotzdem ins Rutschen.
Monsun beruhigte sich mit einem Schlag. So als wäre ihr plötzlich wieder eingefallen, dass sie ja auf ihre Reiterin aufpassen musste.
Dankbar streichelte Zaz über Monsuns Hals. „Danke", flüsterte sie leise. Ein sanftes Schnauben war die Antwort. Wenig später kamen sie zu einer weiteren schmalen Nebengasse. Hier sah es ärmlicher aus als vorher. Die Häuser hätten allesamt einen neuen Anstrich vertragen, in den kleinen Vorgärten lag Kinderspielzeug herum. Das meiste davon dreckig und kaputt.
Lukas brachte Müller vor einem gelben Haus zum Stehen. Das Tor stand offen – und so ließ er sich von sei-

nem Pferd gleiten und ging über den Weg zur Haustür. Ann-Sophie und die anderen folgten ihm, während die Pferde im Vorgarten warteten und das eine oder andere Blatt von einem Busch fraßen. Nur Feuertanz blieb einfach auf der Straße stehen. Seinen Kopf hielt er immer noch gesenkt.

Lukas klopfte an die Tür.

Ein kleiner Junge mit Sommersprossen und leuchtend roten Haaren öffnete ihnen und sah die Besucher fragend an. „Was wollt ihr?“ Sein Blick fiel auf die Pferde im Vorgarten und er drehte sich aufgeregt um. „Mama, du musst kommen! Da sind Pferde im Garten! Ich glaube, das sind Arpads Pferde!“

Sie hörten schnelle Schritte auf einer Treppe, dann tauchte eine zierliche Frau mit einem blonden Zopf auf. Sie sah erst die Kinder, dann die Pferde an. Ein erleichtertes Lächeln breitete sich auf ihrem Gesicht aus. „Ihr müsst Arpads Freunde sein! Wo steckt er? Ihr müsst mir sagen, wo er ist, ich bekomme sonst Ärger! Und er erst recht!“ Ihre Stimme klang drängend.

„Genau das wollten wir *Sie* fragen“, antwortete Lukas. Die Überraschung war ihm anzuhören. „Wir haben ihn auch seit fünf Tagen nicht gesehen. Wir haben gehofft, er würde hier sein!"

„Nein." Die Frau schüttelte enttäuscht den Kopf. „Ich habe ihn das letzte Mal vor fünf Tagen gesehen, genau wie ihr. Er kam aus dem Wald wieder, früher als sonst. Und kurz drauf ist er mit einem Rucksack los. Das hat mir zumindest Moritz erzählt." Sie deutete auf den Jungen, der ihnen die Tür geöffnet hatte. „Der sieht immer alles."

„Und seitdem haben Sie nichts von Arpad gehört?" Lukas' Stimme war das Entsetzen anzuhören. „Und was haben Sie gemacht?"

„Gemacht?" Sie hob die Schultern. „Ich wollte das Jugendamt noch nicht informieren. Die drehen mir einen Strick daraus, dass ich meine Aufsichtspflicht verletzt habe. Wenn ich Pech habe, dann nehmen sie mir Arpad weg – und er muss wieder in ein Heim. Deswegen dachte ich, dass ich am besten erst einmal abwarte. Ich hatte vermutet, dass er einfach ein paar Tage im Wald bleiben wollte. Wäre ja nicht das erste Mal ..."

„Arpad übernachtet hin und wieder im Wald?" Lukas klang ehrlich überrascht. „Das wussten wir gar nicht."

„Er hat auch jedes Mal richtig Ärger mit mir bekommen. Wenn es dunkel wird, dann soll er zu Hause sein, das ist meine Regel. Wenn er sich daran nicht hält, dann streiche ich ihm das Taschengeld. Denn das Jugendamt versteht da keinen Spaß, wenn die das mitbekommen, und das weiß er genau. Aber hin und wieder scheint meine Drohung nicht richtig zu ziehen." Sie seufzte. „Meistens nach einem Streit. Er hat doch einen eigenen Kopf. Aber dieses Mal hatten wir keinen Ärger. Arpad ist einfach verschwunden, ohne ein Wort!"
„Aber wo kann er denn sein, wenn er nicht im Wald ist? Und da hat er sich bestimmt nicht verkrochen, Feuertanz hätte ihn mit Sicherheit aufgespürt." Lukas sah Arpads Pflegemutter fragend an.
Ein Schulterzucken war die Antwort. „Ich weiß es nicht. Erst vor Kurzem hat sich sein Vater gemeldet. Das erste Mal seit einer Ewigkeit. Er wollte hierherkommen. Kann es sein, dass Arpads Verschwinden damit zusammenhängt? Vielleicht hat Arpad sich ganz in der Nähe versteckt. Es könnte aber auch sein, dass er jetzt schon über alle Berge ist. Keine Ahnung. Aber wenn ihr ihn findet: Ich muss wissen, wo er ist! Versprecht ihr mir, dass ihr mir

Bescheid gebt? Morgen oder übermorgen habe ich keine Wahl mehr: Dann muss ich das Jugendamt informieren. Sonst bin ich dran, wenn etwas passiert. Und darunter würden auch meine anderen Pflegekinder leiden."

Langsam nickte Lukas. „Ich fürchte, wir haben auch keine Idee mehr." Er drehte sich zu seinen Freunden um. „Oder fällt euch ein, wo wir noch suchen können?"

Ein dreiköpfiges Schweigen war die Antwort.

Zaz konnte ihre Enttäuschung kaum verbergen. Würden sie etwa einfach nach Hause reiten, wieder in den Wald, und weiter zusehen, wie Feuertanz unter dem Verlust von Arpad litt?

Lukas verabschiedete sich mit einem Nicken von der schmalen Frau. „Keine Sorge, wenn wir etwas hören, dann melden wir uns. Aber ich würde da nicht zu große Hoffnung auf uns setzen."

Lukas und die anderen schwangen sich auf ihre Pferde.

„Wartet!" Der kleine Moritz war ihnen auf die Straße gefolgt und sah bittend zu Lukas auf. „Ihr müsst ihn finden! Sagt ihm, dass er sonst wirklich wieder ins Heim muss. Und wir auch!" In seinen Augen sammelten sich Tränen.

Kopfschüttelnd sah Lukas zu dem Jungen hinunter. „Wenn wir wüssten, wo er ist, dann würden wir da hinreiten, das verspreche ich dir. Aber wir haben leider keine Ahnung."

Damit lenkte Lukas seinen Müller in die Richtung, aus der sie gekommen waren. Die anderen reihten sich hinter ihm ein.

Sie waren eine traurige Horde.

Bis hinter ihnen Feuertanz wieherte.

Und noch einmal.

Zaz, die als Letzte in der Reihe ritt, drehte sich um. Feuertanz stand mit erhobenem Kopf mitten auf der Straße. Stampfte auf und wieherte noch einmal.

„Was will er denn?", wunderte Zaz sich.

„Das sieht aus, als ob er nicht zurück in den Wald wollen würde", sagte Lukas. „Er ist seinem Reiter halt ganz schön ähnlich."

Feuertanz schüttelte seine Mähne, entfernte sich ein paar Schritte von ihnen und kam dann mit einem ungeduldigen Schnauben wieder zurück.

„Ich denke, er weiß, wo Arpad ist", sagte Zaz langsam. „Wir sollen ihm folgen. Das will er uns sagen."

„Echt jetzt?“ Ann-Sophie sah Zaz mit einer hochgezogenen Augenbraue an. „Er sagt uns, dass wir ihm folgen sollen? Wie Lassie?“

„Natürlich nicht. Aber ich denke, er spürt, wo Arpad ist. Oder er kann etwas riechen.“ Zaz dachte kurz nach. „Können Pferde eigentlich gut riechen? Ich habe wieder einmal keine Ahnung.“

„Kilometerweit. Sie sehen tags und nachts, aber nur in Schwarz, Grau, Dunkelgrau und Weiß. Hören können sie auch ziemlich gut. Aber ihr Geruchssinn ist phänomenal. Ein Wasserloch, das ein paar Kilometer entfernt liegt, ist kein Problem für ein Pferd.“ Ann-Sophie sah Zaz nach ihrer Erklärung nachdenklich an. „Du könntest also recht haben.“

„Dann müssen wir hinter Feuertanz her!“, rief Zaz.

Moritz hüpfte am Gartentor auf und ab. „Folgt ihm! Bitte reitet mit dem schwarzen Pferd!“

Sie wendeten ihre Pferde und machten sich hinter dem Rappen auf den Weg. Er tänzelte jetzt vor ihnen auf der Straße. Zaz hatte das Gefühl, als ob er sie zur Eile mahnte.

Auf Feuertanz' Spuren

Leider führte Feuertanz' Weg keinesfalls durch stille Nebenstraßen. Sie ritten auf dem Mittelstreifen einer befahrenen Straße, kreuzten einen Marktplatz, zogen über eine Brücke. Donnernde Laster, klingelnde Fahrräder, knatternde Motorräder und quietschende Kinderwagen sorgten bei den Pferden immer wieder für nervöses Schnauben, kleine Buckler oder ein plötzliches Wegspringen.

„Ich wäre froh, wenn wir diese Stadt endlich wieder verlassen würden!", erklärte Zaz, die auch jetzt neben Fee herritt. Der Schweiß lief ihr den Rücken hinunter, das Haar klebte ihr unter dem Helm am Kopf. Und die Sache mit der Gelassenheit und der Entspannung wurde auch nicht leichter. Im Gegenteil. Sie sah überall Gefahren für Monsun.

Fee nickte. „Du hast recht. Aber Feuertanz scheint zu wissen, wo es hingeht."

Das stimmte. Der Hengst zögerte nur selten und schritt selbstbewusst voraus. Ihm schienen der Verkehr und der Lärm nichts auszumachen.

Nach einer kleineren Ewigkeit kamen sie allmählich wieder aus dem Städtchen heraus. Eine gewundene Straße führte vorbei an eingezäunten Wiesen.

Irgendwann gelangten sie an eine Weggabelung. Nach links war die Straße weiter asphaltiert, nach rechts führte ein Schotterweg an einem Bach entlang. Ohne auch nur einen Augenblick zu zögern, schlug Feuertanz den geschotterten Weg ein.

„Hat jemand von euch noch eine Ahnung, wo wir sind?", fragte Ann-Sophie. „Oder würde einer von euch den Weg nach Hause finden?"

Alle schüttelten den Kopf.

„Na, dann wollen wir mal hoffen, dass wenigstens Feuertanz weiß, was er tut", seufzte Ann-Sophie.

Sie folgten dem schwarzen Hengst durch einen kleinen

Wald auf eine Anhöhe. Von hier aus hatten sie einen weiten Blick über grüne Weiden, auf denen Pferde standen.

Feuertanz hob den Kopf und wieherte laut.

Einige der Pferde antworteten, die meisten achteten aber nicht auf den schwarzen Hengst.

„Das muss das Gestüt Birkenhof sein", sagte Ann-Sophie plötzlich. Sie klang überrascht. „Es ist das einzige hier in der Nähe. Aber warum führt uns Feuertanz hierher? Was hat Arpad mit dem Gestüt zu tun?"

„Hmmm ..." Lukas runzelte die Stirn und sah hinunter auf die Stallgebäude, die in einer Senke lagen. „Wenn Arpad wirklich von zu Hause abgehauen ist, dann sucht er einen Ort, wo er bleiben kann. Und was kann er am besten? Mit Pferden umgehen. Da wäre ein Gestüt schon irgendwie naheliegend, oder etwa nicht?"

„Dann reiten wir am besten da runter und hoffen, dass unsere Pferde sich in Gegenwart anderer Pferde zu benehmen wissen." Ann-Sophie seufzte. „Das sind diese Momente, in denen ich mich nach dem guten alten Halfter und einem Strick zum Anbinden sehne. Aber das hat Arpad ja sogar für Notfälle abgelehnt."

„Brauchen wir auch nicht!“, erklärte Fee. „Meine Luna bleibt an einem Platz stehen, wenn ich sie darum bitte!“
„Hoffen wir, dass du recht hast!“, murmelte Ann-Sophie. „Aber jetzt reiten wir da erst einmal hin.“
Im langsamen Schritt näherten sie sich den Stallungen. Vor ein paar Boxen fegte ein älterer Mann Heu zusammen. Als er die Hufe der Pferde auf dem gepflasterten Hof hörte, sah er auf. Mit gerunzelter Stirn stützte er sich auf seinen Besen und musterte die Besucher. „Was wollt ihr hier mit euren Pferden?“, rief er. „Wir sind kein Pensionsstall für Wanderreiter!“ Er sah sie genauer an und schüttelte missbilligend den Kopf. „Und noch weniger für Wanderreiter mit einem Hang zur Freiheitsdressur.“
„Keine Sorge, wir wollen nicht bleiben!“ Ann-Sophie sprang von ihrem Kronos. Leise flüsterte sie ihm zu: „Bleib hier stehen!“ Dann ging sie zu dem Mann. „Wir sind auf der Suche nach einem Freund. Wir haben gehört, dass er hier steckt und sich vielleicht als Pferdepfleger oder so hat anstellen lassen. Können Sie uns da weiterhelfen?“
„Nein. Wir haben keine neuen Mitarbeiter, das würde

ich wissen!“ Er klang alles andere als freundlich und sah immer noch misstrauisch die Pferde an. Vor allem Feuertanz, der ruhelos seine Runden zog, schien ihm unheimlich zu sein. „Könnt ihr den Hengst festbinden? Ich habe Angst, dass er sich mit einem der Deckhengste des Gestüts anlegt. Und ich brauche nichts weniger als ein verletztes Pferd!“

„Das brauchen wir auch nicht, keine Sorge. Wir sind ganz bestimmt nicht lange hier.“ Ann-Sophie sah den Mann bittend an. „War hier wirklich kein Junge in unserem Alter, der nach Arbeit gesucht hat? Er sieht recht auffallend aus, mit langen schwarzen Haaren. Braun gebrannt, gut trainiert. Ein bisschen wie ein Indianer.“

„Das klingt irgendwie vertraut …“ Nachdenklich kratzte sich der Mann im Nacken. „Wenn ich es mir richtig überlege, dann war hier so ein Junge. Wie lange wird das her sein? Drei oder vier Tage, denke ich. Hat behauptet, dass er sich mit Pferden gut auskennt und hier im Stall ganz bestimmt gut helfen könnte. Er wollte sogar ohne Lohn arbeiten, nur für Essen und Unterkunft. Klang ziemlich verlockend für mich, ich könnte eine Hilfe brauchen.“

„Und dann?“, wollte Ann-Sophie aufgeregt wissen. „Was ist dann passiert?“
„Ich habe nach seinem Alter gefragt“, erklärte der Mann achselzuckend. „Und da hat er leider nicht geschummelt: vierzehn. Und mit vierzehn brauche ich ganz bestimmt noch die Genehmigung der Eltern, damit ich einen Jungen beschäftigen darf. Also habe ich ihn weitergeschickt.“
„Haben Sie eine Ahnung, wohin er danach gegangen ist?“ Ann-Sophies Stimme war drängend.
„Nein, leider nicht. Er hat auch nicht mehr viel gesagt. Hat sich umgedreht und ist gegangen. Vielleicht hatte er ja auch schon einen Plan B. Auf jeden Fall ist er verschwunden.“ Der Mann sah die Pferde jetzt mit größerer Neugier an. „Und wie funktioniert das ohne einen Zügel? Was macht ihr, wenn eines der Pferde mal in Panik gerät? Festhalten und beten?“
Ann-Sophie winkte ab. „Garantiert nicht. Ein Zügel gibt einem Reiter ja auch nur das Gefühl von mehr Kontrolle. In Wahrheit hat man keine Chance, wenn ein Pferd etwas wirklich tun will. Oder sehen Sie das anders?“
Der Mann schüttelte den Kopf. „Aber hin und wieder

ist es doch hilfreich, wenn man einen Befehl deutlicher geben kann. Mit Zügeln, Gebiss, Sporen oder so. Oder etwa nicht?"

„Wir geben unsere Befehle genauso deutlich, wie Sie das mit Sporen oder einem Gebiss tun. Ich habe gerade meinem Pferd gesagt, es soll warten. Das macht es jetzt. Wenn Kronos erschreckt, kann es sein, dass er wegrennt. Aber das tut ein Pferd auch dann, wenn es angebunden ist. Es zerreißt nur zusätzlich einen Strick und tut sich im Genick weh. Aber eine Sicherheit, dass es nicht wegrennt, haben Sie in beiden Fällen nicht."

Nachdenklich schaute der Mann die Pferde an. Alle vier standen still und sahen sich mit neugierig gespitzten Ohren um. Nur Feuertanz war so ruhelos wie schon die ganzen letzten Tage.

„Respekt, was ihr da hinkriegt", sagte er schließlich. „Aber ich habe ein Gestüt, ich kann mich nicht mit jedem einzelnen Pferd so lange beschäftigen, bis es wirklich tut, was ich will. Ich bleibe lieber bei meinen üblichen Methoden." Er hob eine Hand zum Abschied. „Und jetzt muss ich euch wirklich bitten zu gehen. Fremde Pferde bringen gerne auch Krankheiten auf den Hof. Und das kann ich bei den vielen trächtigen Stuten wahrlich nicht riskieren …"

Damit verschwand der Mann mitsamt seinem Besen in dem offenen Stall.

Ann-Sophie sah ihm einen Moment hinterher, dann drehte sie sich zum Rest der Horde um. „Und jetzt? Ehrlich gesagt, habe ich keine Ahnung, wo wir noch suchen sollen!" Sie ging langsam zu ihrem Kronos und schwang sich auf seinen Rücken.

„Wieder nach Hause", meinte Lukas. „Der Weg ist weit genug!"

Fee und Zaz nickten. Was sollte man jetzt noch tun?

Langsam trieben sie ihre Pferde die lange Einfahrt des Gestüts nach oben zur Landstraße. Nur Feuertanz wieherte immer wieder und umkreiste sie mit aufgeregten Trabtritten.

Sie hatten die Anhöhe fast erreicht, als sie hinter sich schnelle Schritte hörten. Eine junge Frau war ihnen gefolgt und rief: „Haltet mal an! Ich weiß da noch etwas …"

Die Horde blieb stehen und sah ihr entgegen. Als die Frau sie endlich erreicht hatte, war ihr Gesicht hochrot und sie rang nach Luft. „Ich habe …" Sie hustete.

„Jetzt holen Sie doch erst einmal Luft!“ Zaz sah die Frau neugierig an. „Wissen Sie noch etwas über unseren Freund? Ist er etwa doch im Gestüt?“

Die junge Frau nickte nur und strich sich die halblangen Haare hinter das Ohr. „Ich habe gehört, dass ihr den alten Weidner nach dem Jungen gefragt habt, der vor ein paar Tagen hier war. Ist das richtig?“

Alle vier nickten.

„Er hat mir leidgetan. Der sah aus, als ob er keine Ahnung hätte, was er jetzt tun soll. Also habe ich ihm einen Tipp gegeben.“ Sie holte tief Luft und hustete noch einmal.

„Einen Tipp? Welchen denn?“ Zaz sah die Frau mit hochgezogenen Augenbrauen an.

„Na ja, in der Nähe gibt es eine Hütte. Sie liegt richtig schön an einem See und da kann man sicher für ein paar Tage unterschlüpfen. Das habe ich ihm gesagt.“ Sie sah die vier Reiter an. „Und ich bin mir ziemlich sicher, dass er da auch hin ist.“

„Warum glauben Sie das? Und noch viel wichtiger: Wo ist das?“, rief Fee dazwischen.

Mit einem schiefen Lächeln antwortete die Frau: „Ich

glaube es, weil seitdem immer wieder Kleinigkeiten verschwinden. Nicht schlimm. Aber ich bin mir sicher, dass wir noch einen ganzen Sack Karotten hatten – und dann fehlte da plötzlich etwas. Genauso mit den Äpfeln. Oder ein paar Keksen, die ich im Spind hatte. Ich müsste mich sehr täuschen, wenn dieser Junge sich nicht ein bisschen mit unseren Sachen beholfen hat ...“ Sie sah die erschrockenen Gesichter der Horde. „Nichts Schlimmes, wirklich nicht. Wir haben hier viele Äpfel, Karotten und noch mehr Hafer. Und die Kekse haben schrecklich geschmeckt.“

„Und wo ist diese Hütte jetzt?“, unterbrach Lukas den Redefluss der Frau.

„Habe ich das noch gar nicht gesagt? Die ist unten am See. Ihr müsst zurück zur Hauptstraße, noch einmal zwei oder drei Kilometer weiter und dann nach links abbiegen. Der Weg führt in ein Tal, in dem ein kleiner See liegt. Am Ufer steht eine kleine Fischerhütte. Ich nehme jedenfalls an, dass es eine Fischerhütte ist. Und da hat er sich wahrscheinlich versteckt ... Zumindest dann, wenn er meinen Tipp beherzigt hat.“

„Wir reiten da sofort hin und sehen nach!“, rief Lukas.

„Vielen Dank für die Hilfe! Und wenn wir bei den Keksen irgendwie für Ersatz sorgen können …“

Die Frau winkte ab. „Wie ich schon gesagt habe: Die Dinger haben scheußlich geschmeckt. Ich bin froh, dass sie weg sind. Und ich wünsche euch noch viel Glück. Toll, was ihr da mit euren Pferden anstellt!“

„Danke!“ Lukas wandte sich den anderen zu. „Worauf warten wir? Reiten wir zu diesem See!“

Sie ritten zurück zur Hauptstraße und folgten genau der Beschreibung, die ihnen die Frau gegeben hatte. Anfangs lief Feuertanz nur zögerlich hinter ihnen her, sah immer wieder zurück zu dem Gestüt und wieherte leise. Offensichtlich wollte er den Ort nicht verlassen, an dem er seinen Arpad wohl noch immer spüren konnte.

Erst als sie von der Landstraße abbogen, um diese Hütte in der Talsenke zu suchen, fand er mit einem Schlag sein neues Ziel. Gespannt tänzelnd setzte er sich aufs Neue an die Spitze des kleinen Trupps. Offenbar wusste er jetzt wieder, wo er Arpad finden konnte.

Die Frau hatte sich nicht getäuscht: Es dauerte nicht lange, bis sie nach einer letzten Wegbiegung den See glitzern sahen. Am gegenüberliegenden Ufer lag eine

kleine Hütte, fast verborgen von einigen Tannen und Büschen.
„Wenn er hier wirklich ist ...“, begann Ann-Sophie.
In diesem Augenblick warf Feuertanz seinen Kopf in die Höhe, wieherte, so laut er irgendwie konnte, und setzte sich in einen schnellen Galopp. Die anderen sahen, wie er den See erreichte und ihn auf einem Pfad umrundete.
„... müsste Feuertanz das jetzt doch spüren“, vollendete Ann-Sophie ihren Satz und grinste die anderen mit einem Schulterzucken an.
Ihre Pferde schnaubten und folgten Feuertanz, so schnell es ging, im Galopp. Erst als die Hütte schon in Sichtweite war, brachte die Horde ihre Pferde wieder dazu, langsamer zu werden.

Die Hütte am See

„Was seht ihr jetzt?“, wollte Fee aufgeregt wissen.
„Eine einsame Hütte, einen kleinen Steg und davor ein winziges Stück Wiese. Weit und breit nichts von Feuertanz zu sehen. Oder von Arpad“, berichtete Ann-Sophie.
„Stimmt nicht!“ Lukas deutete auf den Rand des winzigen Wiesenstücks.
Da stand Feuertanz und drückte seinen Kopf unter die Achsel eines reglosen Arpads. Die beiden rührten sich nicht, standen ruhig wie ein Denkmal. Ganz langsam hob Arpad eine Hand und legte sie auf Feuertanz’ Hals. Die beiden schienen nur einander zu sehen, der Rest der Welt existierte für das Pferd und seinen Freund nicht.
Zaz kam sich vor, als würde sie zusehen, wie zwei Men-

schen sich küssten. Irgendwie war es rührend und auch ein bisschen peinlich.
Sie warf einen Blick zur Seite.
Auch die anderen sahen Arpad und Feuertanz an, keiner wagte es, dieses Zusammensein zu stören.
Es dauerte eine Ewigkeit, bis Arpad sich zu ihnen drehte. Täuschte Zaz sich oder sah sie da eine Träne in seinem Augenwinkel glitzern?
„Ihr habt mich also gefunden", stellte er leise fest.
„Nicht wir." Zaz schluckte. „Das war Feuertanz."
Arpad sah seine Freunde an.
Eine kleine Ewigkeit.
Dann schüttelte er den Kopf.
„Das hättet ihr euch sparen können. Feuertanz geht es gut in Donneracker. Und mich bringt niemand dazu, wieder zurückzukommen. Nicht einmal ein bescheuertes Pferd." Damit dreht er sich um und machte Anstalten, wieder in die Hütte zu gehen. Feuertanz wich nicht von seiner Seite.
„Jetzt verschwinde schon", knurrte Arpad. „Ich will dich nicht mehr." Damit verschwand er in der Hütte. Die Holztür fiel krachend zu.

Feuertanz blieb davor stehen. Er hob versuchsweise ein Vorderbein und ließ es dann wieder sinken.
Zaz brach es bei diesem Anblick fast das Herz. Kurz entschlossen sprang sie von Monsuns Rücken und ging zur Hütte. Sie probierte, die Klinke der Tür nach unten zu drücken. Sie ließ sich nicht öffnen. Arpad hatte von innen abgeschlossen.
„Du kannst Feuertanz doch nicht einfach so wegschicken!“, rief sie. „Es geht ihm in Donneracker *nicht* gut. Mag ja sein, dass du das gerne hättest, aber in Wahrheit leidet er. Er braucht dich!“
„Hufbeinbruch und Kreuzverschlag – der gewöhnt sich schon daran. Er hat ja noch euch und die anderen Pferde, das muss reichen!“, rief es von innen.
„Tut es nicht. Feuertanz frisst seit Tagen nicht mehr, wir haben keinen anderen Ausweg gesehen, als dich zu suchen.“ Zaz war verzweifelt. Sie sah sich nach den anderen um, die aber immer noch auf ihren Pferden saßen und nur zuhörten.
„Schön, ihr habt mich gefunden!“, rief Arpad. „Und jetzt könnt ihr wieder gehen. Nehmt Feuertanz mit, ich weiß nicht, was ich hier mit ihm machen soll.“

„Warum willst du denn nicht zurück nach Donneracker kommen? Es kann ja wohl nicht sein, dass das Auftauchen von deinem Vater dich komplett vom Hof vertreibt!“ Zaz klopfte laut an die Tür. „Und mach endlich diese verdammte Tür auf. Es ist doch total lächerlich, wenn wir uns so unterhalten.“

Zu ihrer Überraschung flog die Tür tatsächlich auf. Arpad stand direkt vor ihr und funkelte sie wütend an. „Ich habe gesagt, dass ihr gehen sollt. Ich will keine Hilfe, kapiert? Verschwindet!“

„Schon begriffen“, sagte in diesem Moment Ann-Sophie. „Du willst mal wieder der düstere Held sein, der sich in seinem einsamen Lager vergräbt und nichts mehr von der Welt wissen will. Dass dein Pferd das nicht verstehen kann und jede Sekunde um dich trauert, ist dir total egal.“

„Ist es nicht. Aber ich bin klüger als mein Pferd. Ich weiß, dass Feuertanz sich irgendwann daran gewöhnt, ohne mich weiterzuleben. Dann galoppiert er mit der Horde durch den Wald und ist wieder glücklich. Und schnell sind die paar Tage vergessen, an denen er ein bisschen weniger gefuttert hat.“

„Weniger gefuttert?“ Die Stimme von Lukas schnappte fast über. „Dein Feuertanz frisst kein Hälmchen mehr, seit du ihn in die Wüste geschickt hast. Hast du denn keine Augen im Kopf? Er sieht inzwischen so klapprig aus, dass wir unterwegs Angst haben müssen, jemanden vom Tierschutzverein zu treffen!“

„Du übertreibst“, versuchte Arpad Lukas zu besänftigen.

„Tu ich überhaupt nicht! Dein Pferd geht kaputt, bloß weil du dich hier in deinem Elend suhlst. Weißt du was? Große Neuigkeiten: Du bist nicht alleine auf der Welt.“

So wütend hatte Zaz Lukas noch nie gesehen.

„Du hast ja keine Ahnung!“, rief Arpad. „Bei dir taucht nicht aus heiterem Himmel ein Mann auf, der behauptet, dein Vater zu sein. Und das nach Jahren, in denen er sich einen Scheiß für dich interessiert hat. Keiner hat mich gefragt, ob ich ihn überhaupt kennenlernen will. Und die Wahrheit ist: Nein! Kein Interesse. Da hätte er früher kommen müssen.“

„Aber vielleicht ist er ja gar kein so übler Typ …“, versuchte Zaz vorsichtig zu sagen.

Arpad fuhr zu ihr herum. Seine Augen funkelten. „Kein übler Typ? Er wollte zwölf Jahre lang weder wissen, wie es mir geht, noch hat er sich darum gekümmert, was ich mache. Und jetzt geht es ihn nichts mehr an. So einfach ist das."

„Hier geht es doch erst einmal gar nicht um deinen Vater", mischte sich jetzt Fee ein. „Wir sind nicht hier, weil wir wollen, dass du mit ihm sprichst. Wir sind hier, weil wir wollen, dass du dich um dein Pferd kümmerst. Und das ist verdammt noch mal deine Aufgabe!"

„Warum? Weil er mich ein paar Jahre lang durch einen Wald getragen hat? Nein, so einfach ist das nicht!" Arpad schüttelte den Kopf, um noch einmal klarzumachen, was er von Fees Vorwurf hielt. „Und jetzt ist es an der Zeit, dass ihr euch alle wieder auf eure Pferde schwingt und nach Hause reitet. Der Weg ist weit und es wird wahrscheinlich dunkel, bis ihr wieder in Donneracker seid. Also, los!" Er deutete auf den schwarzen Hengst. „Und vergesst Feuertanz nicht."

„Das hat doch keinen Sinn, mit dir zu streiten!", rief jetzt Ann-Sophie. „Du denkst nur an dich. Und dann noch mal an dich. Und dann wieder an dich. Das ist zum Kotzen! Du hast recht: Ich reite jetzt heim. Und wehe, mir kommt noch einmal jemand mit der Horde.

Von wegen *freie Geister* und so. Wir haben alle nur einen freien Geist: Das ist Arpad. Und der bleibt jetzt hier in der Hütte und interessiert sich einen Dreck für unsere Freundschaft.“ Ihr liefen die Tränen über die Wangen. „Von mir aus kannst du hier verschimmeln!“

Damit wendete Ann-Sophie ihren widerstrebenden Kronos und trieb ihn den Weg zurück zur Hauptstraße.

„Sie hat recht!“ Lukas nickte und folgte ihr.

„Ich ...“ Fee sah einen Augenblick lang unentschlossen aus. Dann machte sie eine wegwerfende Handbewegung. „Es lohnt sich nicht, mit dir zu reden. Du hörst uns ja nicht einmal zu.“ Auch sie wendete. Luna machte ein paar eilige Trabschritte, um die anderen einzuholen.

Zurück blieben nur noch Arpad und Zaz, die immer noch vor der Tür der Hütte standen. „Du machst so viel kaputt, du Idiot.“ Zaz sah Arpad kopfschüttelnd an. „Die anderen haben recht“, flüsterte sie leise.

Damit ging auch sie zu Monsun und schwang sich auf ihren Rücken, um den anderen zu folgen. Doch im Davonreiten drehte sie sich um und sah, was sich nun vor der Hütte abspielte.

Arpad gab Feuertanz einen Klaps auf die Kruppe und sagte: „Und du gehst jetzt mit den anderen mit. Ich kann mich hier nicht um dich kümmern!"
Feuertanz sah ihn verwundert an, lief dann einige Schritte hinter Monsun her, bevor er sich erneut zu Arpad umdrehte. Der wedelte mit den Armen. „Verschwinde. Das da ist deine Herde, hinter denen musst du herlaufen. Du sollst nicht bei mir bleiben!"
Wieder machte Feuertanz einen Schritt weg von Arpad. Er sah zu den anderen Pferden, die sich langsam über den Pfad am See entlang entfernten. Offenbar war er hin- und hergerissen zwischen seiner Herde und seinem Reiter.
Dann drehte er sich aufs Neue um und ging zu Arpad. Er senkte seinen Kopf und schob ihn dem schwarzhaarigen Jungen wieder unter die Achsel.
Der blieb stocksteif stehen. „Jetzt verschwinde schon, du blödes Vieh!", murmelte er heiser und machte einen Schritt weg von Feuertanz. Doch der folgte ihm unbeirrt und drückte die Stirn weiter gegen seinen Reiter.
Arpad machte einen Schritt zur Seite, bückte sich und nahm einen langen dünnen Ast, der neben der Hütte lag, in die Hand. „Jetzt geh doch endlich!", sagte er wie-

der. Wedelte mit dem Ast und gab Feuertanz einen Klaps auf die Kruppe.
Feuertanz' Kopf flog nach oben. Überrascht ging er nun wirklich zwei Schritte zurück.
Arpad ließ den Ast noch einmal auf seine Kruppe fallen. „So ist es richtig. Geh!"
Offensichtlich völlig verwirrt, machte Feuertanz noch einmal zwei Schritte zurück. Dann schüttelte er den Kopf und lief wieder auf Arpad zu. Streckte ihm voll Vertrauen den Kopf entgegen und schien noch einmal nachzufragen, warum sich sein Freund denn so merkwürdig benahm.
„Verschwinde!", rief Arpad. Er ließ den Ast durch die Luft sausen. Traf Feuertanz an der Flanke. Der Hengst stieg senkrecht in die Luft. Aber er wich nicht von Arpads Seite. Auch als er einen weiteren Hieb erhielt. Er keilte aus, aber er blieb.
Zaz sprang von Monsun und rannte zu den beiden. „Jetzt hör doch endlich auf!", schrie sie. „Hör auf!"
Arpad drehte sich zu ihr um. Zaz sah die Tränen, die ihm über die Wangen liefen, als er erneut seinen Arm heben wollte.

„Lass das!“, rief Zaz.
Und Arpad ließ tatsächlich den Ast fallen, machte einen Schritt auf Feuertanz zu, legte die Arme um den Hals des Rappen und vergrub sein Gesicht in der langen Mähne. „Er will einfach nicht gehen“, sagte er immer wieder. Zaz konnte sehen, dass er dabei weinte.
Unbeholfen legte sie Arpad eine Hand auf den Rücken. „Weil er nicht versteht, warum du ihn loswerden willst. Du bist doch der Mensch, den er sich als Freund ausgesucht hat!“
„Aber ich kann ihn doch nicht mehr haben als Freund“, sagte Arpad mit erstickter Stimme.
„Und weißt du, was bei guten Freunden das ganz Besondere ist?“ Zaz sah ihn an. „Die gehen nicht, wenn du sie wegschickst. Die wissen, dass du sie dann ganz besonders brauchst.“
Ohne ein Wort zu sagen, streichelte Arpad über Feuertanz' Hals. „Wer sagt denn, dass ich ihn jetzt brauche?“
„Du weißt doch: Pferde können Gedanken lesen. Und ich glaube, Feuertanz ist sich ganz sicher, dass das, was er da gelesen hat, bedeutet: *Bitte, bitte lass mich nicht alleine.*“ Zaz versuchte ein Lächeln. „Und das war stär-

ker als dein jämmerlicher Versuch, ihn mit diesem Ast wegzuscheuchen."

Hinter sich hörte sie ein Geräusch. Sie drehte sich um und sah, dass der Rest der Horde wieder vor der kleinen Hütte aufgetaucht war. Sie alle kamen näher, sprangen von ihren Pferden und liefen zu Arpad, Zaz und Feuertanz.

„Wir sind zwar nicht so gut wie dein Feuertanz, wenn es ums Gedankenlesen geht. Aber wir haben jetzt auch verstanden: Du brauchst uns. Auch wenn du sagst, wir sollen verschwinden", meinte Lukas. Offenbar hatten sie Zaz' letzte Worte mitgehört.

Arpad sah wortlos in die Runde. Er schluckte und schien nach den richtigen Worten zu suchen.

„Ich ..." Er brach ab.

„Du weißt nicht, was du jetzt tun sollst?" Lukas sah seinen Freund fragend an. „Ich habe einen Vorschlag: Wir bleiben heute Nacht bei dir. Und reden. Morgen früh entscheidest du dich dann, ob du wieder mit uns kommst. Oder ob du hier weiterleben willst. Aber eines muss dir klar sein: Feuertanz wirst du nicht los. Der möchte bei dir sein, egal, was passiert."

„Aber …“, versuchte Arpad zu widersprechen.
„Kein Widerspruch“, lächelte Lukas. „Zeig uns doch einfach deine Hütte. Hast du überhaupt genug zu essen, damit wir alle satt werden?“
Arpad sah ein, dass er sich Lukas’ Plänen wohl fügen musste. Er seufzte und winkte die anderen in die Hütte. „Essen? Ja, ich habe einiges da. Ich habe natürlich mein Sparschwein geplündert, bevor ich losgeritten bin. Und heute war ich damit bei Aldi. War gar nicht so weit weg.“
Das Innere der Hütte bestand nur aus einem einzigen Raum. Ein Tisch, vier Stühle, ein kleiner Herd, den man mit Holz beheizen konnte. In einer Ecke lag eine Decke, die wohl in den letzten Tagen als Arpads Nachtlager gedient hatte. Das war alles.
„Da ist ja unser Karren besser!“, entfuhr es Ann-Sophie, als sie sich umgesehen hatte.
„Tja, das ist wohl wirklich nichts für unsere Prinzessin“, lächelte Arpad. „Aber immerhin habe ich Essen für uns alle.“
Auf dem Tisch standen eine Packung Toastbrot, ein paar Äpfel, ein Stück Käse und eine eingeschweißte Salami. Arpad griff nach einem Apfel und lächelte verlegen in

die Runde. „Ich glaube, ich muss mich erst einmal bei jemandem entschuldigen."

Damit ging er nach draußen, wo die Pferde allesamt noch immer warteten. Er lief zu Feuertanz und hielt ihm den Apfel hin. Mit einem einzigen großen Bissen ließ Feuertanz die Hälfte des Apfels verschwinden. Er kaute mit unübersehbarem Genuss.

„Endlich", bemerkte Zaz. „Feuertanz frisst wieder!"

„Natürlich tut er das", lächelte Fee. „Er hat ja seinen Arpad wieder. Und er hat bewiesen, dass seine Liebe zu ihm auch wirklich üble Zeiten übersteht."

Während Feuertanz einen zweiten Apfel mit Begeisterung verspeiste, lehnte Arpad an ihm und kraulte den Mähnenkamm. Sie hörten nicht, was er seinem Pferd erzählte – aber allen Freunden war klar: Das musste eine ziemlich dicke Entschuldigung sein.

Während sie auf Arpad warteten, räusperte sich Ann-Sophie. „Sag mal, hat irgendeiner von euch eine Idee, wie wir das hier unseren Eltern erklären sollen? Ich meine, wir bleiben einfach für eine Nacht weg und keiner weiß, wo wir sind. Keine Ahnung, wie das bei euch ist – aber meine Eltern lösen kurz nach Einbruch der Dunkelheit den Großalarm aus. Dann kreisen hier bald die Rettungshubschrauber über der Hütte – wenn sie das Ding finden."

Lukas nickte. „Bei mir ist das ähnlich. Irgendwie müssen wir uns da was einfallen lassen."

Zaz dachte nach. „Wenn ihr anruft und sagt, dass ihr für eine Nacht in Donneracker bleibt? Und ich gebe Tine Bescheid? Würden eure Eltern das schlucken?"

Fee nickte als Erste. „Ich muss nur Bescheid geben, dass ich noch eine Nacht länger bei dir bleibe. Das ist wahrscheinlich okay."

Ann-Sophie sah in die Runde und griff seufzend nach ihrem Handy. „Ich versuche es mal. Drückt mir die Daumen. Eigentlich bin ich zu alt für spontane Pyjamapartys …"

Kopfschüttelnd nahm auch Lukas sein Handy. „Ich gebe mein Bestes."

Wenig später hatten sie die Übernachtung mit ihren Eltern geregelt, während Zaz ihrer Großmutter erklärte, warum sie alle offiziell in Donneracker übernachteten. Und gleichzeitig nicht da waren.

Es dauerte ein Weilchen, bis Tine nachgab. Zum Abschied murmelte sie noch: „Bitte, Zaz, ich will das nicht bedauern. Benehmt euch in dieser Hütte!“

„Aber klar!“, versprach Zaz. „Vielen Dank, Tine, du bist ein Schatz!“ Und dann legte sie schnell auf, bevor ihre Großmutter es sich anders überlegen konnte.

Sie sah ihre Freunde an: „Meine Oma erklärt jedem, der anruft, dass wir in der Scheune übernachten. Wir sind also sicher. Und ich finde, Tine ist eine ganz schön coole Oma, oder?“

Die anderen nickten.

Ann-Sophie sah durchs Fenster. „Die beiden versöhnen sich immer noch“, lächelte sie. „Und wie es aussieht, wird das länger dauern.“

Aufbruch

Tatsächlich verging fast eine Stunde, bis Arpad wieder in die Hütte kam und sich schweigend an den kleinen Tisch zu seinen Freunden setzte.
Zaz räusperte sich. „Und wie soll es jetzt weitergehen?“
Arpad zuckte mit den Schultern. „Ich weiß es nicht. Immer noch nicht. Dabei habe ich in den letzten Tagen viel nachgedacht.“ Er lachte leise. „Viel mehr kann man hier ja auch nicht machen. Ich dachte, ich wäre mir sicher, wie es von hier aus weitergehen soll: Ich wollte mich hier noch eine Weile verstecken. Und dann, wenn die Schule losgeht und es auffällt, dass ich nicht mehr bei meiner Pflegefamilie bin, dann wollte ich endgültig abhauen. Irgendwohin.“

„Das klingt jetzt aber nicht nach einem tollen Plan“, schnaubte Ann-Sophie. „Irgendwohin. Was denkst du denn? Dass das Jugendamt sich einfach nicht mehr um dich kümmert? Deine Pflegemutter würde doch viel früher Alarm schlagen. Dann würde eine Riesensuche nach dir losgehen. Das hier ist Deutschland, da verschwinden Jugendliche nicht einfach. Was aber noch schlimmer ist: Du willst, dass Feuertanz dich vergisst und wir dann einfach fröhlich zu viert durch den Wald reiten? Das ist doch kein Plan! Das ist ja noch nicht einmal eine Idee.“

„Ich will meinen Vater aber nicht sehen!“, sagte Arpad trotzig. Aber es war ihm anzuhören, dass er von seiner eigenen Meinung nicht mehr so richtig überzeugt war.

„Warum denn nicht? Es könnte doch immerhin sein, dass er ein netter Kerl ist“, mischte Fee sich in das Gespräch ein und zuckte mit den Schultern. „Ein netter Kerl, der eine Menge durchgemacht hat und jetzt gerne etwas wiedergutmachen würde.“

Arpad machte eine wegwerfende Handbewegung. Dann griff er nach einer Scheibe Toastbrot und einem Stück Käse, biss ab und sah nachdenklich vor sich hin. „Aber er kann doch nicht einfach so auftauchen!“

„Offensichtlich kann er es doch“, wandte Fee ein. „Wahrscheinlich hat er davor genauso viel Schiss wie du gehabt. Ben wusste ja: Wenn du ihm nur ein bisschen ähnlich bist, dann wirst du ihn nicht mit offenen Armen empfangen, sondern ganz schön sauer sein. Genau deswegen hat er sich doch im Wald versteckt: Er wollte erst einmal sehen, wie sein Sohn so drauf ist ...“ Sie grinste. „Er konnte ja nicht ahnen, dass er sich ausgerechnet unseren Karren als Unterkunft ausgesucht hat. Gib ihm eine Chance. Dann kannst du ihn ja immer noch zum Teufel schicken.“

Arpad kaute weiter auf seinem Brot herum. Nach einer kleinen Ewigkeit zuckte er mit den Schultern. „Okay. Aber wenn er sich als Arsch erweist, dann will ich ihn nie wiedersehen. Egal, was ihr sagt. Ich unterhalte mich mal mit ihm. Mehr kann ich nicht versprechen.“

„Solange du uns weiterhin sehen willst, ist das egal“, lachte Zaz erleichtert. „Aber vor allem darfst du Feuertanz nie wieder so alleine lassen. Dann bekommst du Ärger mit uns allen!“

„Versprochen“, erklärte Arpad. Er zögerte ein Weilchen, dann nickte er. „Ich komme morgen mit euch zurück nach Donneracker.“

Zaz spürte erst jetzt, wie angespannt sie die ganze Zeit gewesen war: Ihr kamen bei Arpads Worten fast die Tränen. Ein verstohlener Blick zu Fee und Lukas zeigte ihr, dass es den beiden ähnlich erging. Und sogar die überlegene Ann-Sophie sah Arpad mit feuchten Augen an.
Sie redeten noch ein Weilchen über den abenteuerlichen Ritt durch die Stadt und erzählten von den Fahrradspuren direkt neben dem Karren, die nicht von Ben stammten.
Zaz gähnte und sah, dass es den anderen genauso erging wie ihr: Die Aufregungen des Tages sorgten dafür, dass sie jetzt eine sehr müde Horde waren.
Den Rest des Abends machten die fünf es sich in der kleinen Hütte möglichst gemütlich. Leider war der Holzboden aber ziemlich hart und es gab weder Kissen noch Matratzen und nur die eine Decke.

Zaz erwachte irgendwann weit nach Mitternacht davon, dass der Boden knarrte. Sie richtete sich auf und sah, wie Arpad aus der Tür schlich. Wollte er etwa doch noch abhauen?
Leise stand sie auf und schlich ihm hinterher.

Als sie vor die Tür trat, sah sie, wie Arpad zu seinem Feuertanz lief und sich bei ihm zwischen die Vorderbeine setzte. Der Hengst senkte seinen Kopf und beide verharrten eine Weile mit aneinandergedrückten Köpfen. Lächelnd zog Zaz sich in die Hütte zurück. Arpad würde seinen Freund nicht noch einmal alleine lassen, das war auf jeden Fall sicher.

Sie rollte sich erneut in einer Ecke auf dem harten Boden zusammen und schlief wieder ein. Als sie das nächste Mal aufwachte, schien die Sonne durch die dreckigen Fenster und der Rest der Horde war schon draußen.

Zaz sprang auf die Beine, ging die wenigen Schritte zum See und wusch sich wenigstens das Gesicht. Mehr als diese Katzenwäsche war heute früh nicht drin.

Die anderen saßen vor der Hütte und aßen den Rest von Toast, Käse und Äpfeln auf. Ann-Sophie grinste Zaz an und hob einladend die Tüte mit dem Toastbrot hoch. „Willst du auch einen Happen?"

„Bleibt mir ja nichts anderes übrig", antwortete Zaz und zog dabei eine Grimasse. Sie biss in das labbrige Brot. „Aber ich vermisse die Brötchen bei Tine!"

„Sorry, dass meine Ersparnisse nicht für deinen feinen

Geschmack gereicht haben", erklärte Arpad. „Aber du hast dich selber eingeladen. Also: selber schuld!" Er wischte sich die letzten Krümel von seinem T-Shirt und stand auf. „So, wie sieht es aus? Geht es jetzt zurück nach Donneracker? Ich will das hinter mich bringen." Er sah Feuertanz an. „Und ich will endlich wieder auf seinem Rücken sitzen."

Der Rest der Horde nickte.

Sie sprangen auf und wenige Augenblicke später setzten sich die fünf Freunde in Bewegung. Sie nahmen den Weg um den See und dann zurück auf die Straße, die direkt in die Stadt führte. Dieses Mal mussten sie allerdings nicht den Umweg an Arpads Zuhause vorbei machen, sondern sie ritten mitten durch die Stadt, direkt über den Marktplatz.

Die Pferde ohne Sattel und Zaumzeug sorgten auch dieses Mal dafür, dass viele Leute auf die Horde deuteten. Tuschelten und sich gegenseitig auf diesen Trupp aufmerksam machten. Einer rief sogar: „Und wo ist jetzt der Zirkus?"

Zaz senkte ihren Blick und nestelte verlegen in Monsuns Mähne. Sie stand nicht gerne im Mittelpunkt und fühlte sich am wohlsten, wenn sie von niemandem beachtet wurde. Sanft klopfte sie Monsuns Hals. Der war feucht – die Stute schwitzte vor Anspannung und wollte am liebsten vor den vielen Menschen fliehen. Zaz konnte ihr Herz, wie am Tag zuvor, durch die Hose spüren, so schnell schlug es. Immer wieder schüttelte Monsun nervös den Kopf und Zaz ahnte, dass sie sich nur für ihre Reiterin beherrschte.

„Das magst du nicht?“, flüsterte sie leise. „Keine Sorge, ich auch nicht. Ich sorge dafür, dass wir bald wieder im Wald sind. Da gehörst du hin, nicht hierher. Aber jetzt musst du noch ein bisschen durchhalten!“

Um sich abzulenken, beobachtete sie die anderen. Arpad schien nur auf seinen Feuertanz konzentriert: Er bemerkte den Trubel rings um die Pferde nicht. Dabei war er mit seinen schwarzen Locken auf dem langmähnigen Rappen ganz bestimmt der Auffallendste der Horde.

Ann-Sophie dagegen genoss die Aufmerksamkeit. Sie lächelte und brachte ihren Kronos sogar dazu zu tänzeln. So sah er noch größer und beeindruckender aus, als er ohnehin war.

Lukas und sein Herr Müller liefen entspannt hinterher.

Und Fee an Zaz' Seite saß aufrecht und versuchte, sich ihre Anspannung nicht anmerken zu lassen.
Ein merkwürdiger Trupp, dachte Zaz bei sich. Und war stolz, ein Teil davon zu sein. „… weil wir freie Geister sind", murmelte sie vor sich hin. Das waren sie wirklich – und vielleicht spürten das auch die Menschen, die sie ansahen.
Zaz fing erst wieder an, tiefer zu atmen, als sie endlich die Innenstadt hinter sich gelassen hatten und durch ruhige Wohngegenden ritten. Hier waren nicht so viele Menschen, der Lärm der Autos ließ nach.
Monsuns Herzschlag wurde wieder ruhiger. Am Ende einer Sackgasse ging die Asphaltstraße in einen Wiesenweg über. Der führte direkt zum Wald von Donneracker, der nur noch etwa zwei Kilometer entfernt lag.
Arpad drehte sich zu den anderen um. „Was haltet ihr denn von einem kleinen Galopp? Wenigstens bis zum Wald? Sonst ist ja Nachmittag, bis wir endlich zu Hause sind."
Keiner hatte etwas dagegen. Und so jagten sie auf sein Handzeichen los. Monsun keilte heftig aus vor Freude, dass sie endlich nicht mehr ihre Nervosität beherrschen

musste. Aber allen voran galoppierte Arpad. Und das fühlte sich wunderbar richtig an. Erst kurz vor dem Waldrand verlangsamten sie ihre Jagd. Mit leuchtenden Augen drehte Arpad sich zu ihnen um. „Es gibt nichts Besseres!“, rief er.

„Und das wolltest du Idiot nicht mehr haben“, strahlte Ann-Sophie ihn an. „Bloß, weil du Angst hattest!“

„Ich habe keine Angst!“, fuhr Arpad auf. Um gleich darauf den Kopf zu schütteln. „Hufbeinbruch und Kreuzverschlag – habe ich schon. Hätte aber jeder, der in meiner Haut stecken würde. Lasst mich nicht allein, wenn wir da ankommen!“

Unwillkürlich legten sie den Rest ihres Rittes nach Donneracker nur im Schritt zurück. Arpad hatte es nun nicht mehr so eilig, anzukommen und seinen Vater zu treffen. Und auch die anderen wollten lieber auf diesen letzten Metern ihre neu gefundene Gemeinsamkeit genießen.

So war es doch schon früher Nachmittag, als sie um die letzte Wegbiegung kamen und Donneracker vor ihnen lag.

Sonnige Ankunft

Im hellen Nachmittagslicht lag das Fachwerkhaus wie ausgestorben da. Weder Pensionsgäste noch Tine selbst waren zu sehen. Einen Augenblick lang stand die Horde bewegungslos am Waldrand.

„Ben ist wahrscheinlich in der Scheune", sagte Zaz schließlich. „Da sollten wir also am besten hinreiten."

„Was macht er denn in der Scheune?", wollte Arpad wissen. „Hält er sich da etwa schon wieder versteckt?"

„Quatsch. Das Ding ist dringend reparaturbedürftig", erklärte Zaz. „Tine kann sich keinen Handwerker leisten, also hat er sich bereit erklärt, ihr ein bisschen unter die Arme zu greifen. So wie bei unserem Karren …"

„… mit dem kleinen Unterschied, dass Tine weiß, wer

da bei ihr in der Scheune herumschraubt“, ergänzte Lukas.
Als sie näher kamen, hörten sie im Inneren laute Hammerschläge. Ben war unüberhörbar bei der Arbeit.
Arpad blieb einige Sekunden lang reglos auf seinem Pferd sitzen. Dann schüttelte er den Kopf. „Hat ja keinen Sinn, wenn ich hier nur rumsitze. Ich bringe es besser hinter mich.“ Er ließ sich von Feuertanz' Rücken gleiten.
In diesem Moment hörte das Hämmern in der Scheune auf. Schritte näherten sich und Ben trat aus der Tür. „Habe ich mir doch gedacht, dass ich Hufe gehört habe …“, fing er an.
Dann sah er Arpad und hörte auf zu reden.
Vater und Sohn sahen einander an.
„Du bist also zurückgekommen“, sagte Ben schließlich.
Arpad nickte. „Konnte meinen Feuertanz doch nicht alleine lassen.“
„Stimmt. Der hat ganz schön darunter gelitten, dass du weg warst.“ Ben schluckte, dann redete er weiter. „Und ich habe mir auch Sorgen gemacht. Ich wollte dich doch nicht erschrecken. Ich wollte dich nur kennenlernen.“
„Und warum bist du dann nicht einfach bei meiner

Pflegefamilie vorbeigekommen?“ Arpad sah seinen Vater ernst an. „Ich meine … die anderen Kinder in meiner Familie treffen auch ihre echten Eltern. Da ist dann immer unsere Pflegemutter dabei. In schwierigen Fällen auch Sozialarbeiter. Also ein Treffen mit Netz und doppeltem Boden. Warum konntest du das nicht machen wie alle anderen auch?“

Mit einem Seufzen hob Ben die Hände. „Ich fürchte, das ist nicht meine Art. Und wenn ich das richtig beobachtet habe, dann machst du deine Sachen ja auch lieber anders als alle anderen. Versteh doch: Ich weiß, dass es falsch war, dich einfach alleine zu lassen. Aber ich habe keinen anderen Weg gesehen. Habe mir sogar eingeredet, dass es dir ganz bestimmt besser geht, wenn du mich nicht mehr siehst …“

„… so wie ich mit Feuertanz?“ Arpad brachte ein schiefes Lächeln zustande. „Wenn ich nicht so tolle Freunde hätte, dann würde ich jetzt immer noch in der Hütte am See sitzen. Obwohl: Wütend bin ich trotzdem auf dich.“

„Das darfst du auch sein.“ Ben sah ernst aus. „Aber bitte gib mir eine Chance. Ich möchte dich kennenlernen. Die Idee, mein Lager im Karren aufzuschlagen, um dich aus der Ferne zu beobachten, ist reichlich danebengegangen – dabei habe ich dir und deinen Freunden wohl einen ganz schönen Schrecken eingejagt. Aber vielleicht können wir hier miteinander reden? Einfach so, hier in Donneracker?"

Langsam nickte Arpad. „Ja. Willst du mir nicht zeigen, was du hier in der Scheune so treibst?"

Ben machte einen Schritt zur Seite und eine einladende Handbewegung. Arpad verschwand hinter seinem Vater nach drinnen.

Zaz sah die anderen an. „Das war doch jetzt gut, oder?", raunte sie ihnen zu.

„Sogar sehr gut!", nickte Ann-Sophie.

„Und was machen wir jetzt, während die beiden sich hoffentlich aussprechen?", fragte Lukas. „Ich hoffe doch, dass wir nicht hier sitzen bleiben und darauf warten, dass sie Hand in Hand wiederauftauchen!"

„Nein", schüttelte Zaz den Kopf. „Ich schlage vor, wir schauen mal in Tines Küche nach, ob es da irgendwelche Reste gibt, die wir aufessen können. Ich weiß ja nicht, wie es euch geht, aber ich habe einen Wahnsinnshunger. Das Labberbrot gestern Abend und heute Morgen hat mich irgendwie nicht satt gemacht … Und das ist schon Stunden her!"

„Angenommen!" Lukas strahlte. „Ich habe schon befürchtet, dass ich der Einzige bin, der jetzt an so etwas Einfaches wie Essen denkt."

Gemeinsam sprangen sie von ihren Pferden und liefen über die Wiese zur Pension. Offenbar waren wirklich alle irgendwo anders unterwegs, nicht einmal Tine war in der Küche – und sogar der Platz, an dem sonst ihr Auto stand, war leer. Was merkwürdig war: Sonst war Tine eigentlich immer auf dem Hof.

Zaz sah in einige Töpfe und Vorratsschränke und entschied, dass ausreichend Gulasch und Nudeln für die komplette Horde da waren. Sie wärmte einen Topf von dem Eintopf auf, kochte die Nudeln und trug alles zusammen mit Ann-Sophie nach draußen.

Gemeinsam begannen alle, mit Appetit zu essen.

„Wo steckt eigentlich deine Oma?", fragte Fee zwischen zwei Bissen. „Wir müssen ihr unbedingt sagen, dass sie super gekocht hat. Wieder einmal."

„Keine Ahnung", gab Zaz zu. „Vielleicht weiß Ben ja Bescheid." Sie sah zu der Scheune hinüber. „Aber es sieht

nicht so aus, als würden die beiden so schnell wiederauftauchen. Und eigentlich möchte ich sie auch nicht stören."
Noch bevor Zaz den Satz beendet hatte, fuhr Tine mit ihrem Auto schwungvoll aus dem Wald und bremste direkt vor der Terrasse. Sie sprang in einem ungewöhnlich eleganten Kostüm heraus und sah die Horde am Tisch sitzen. „Ihr seid also wieder da!", stellte sie fest. Suchend sah sie Fee, Lukas, Ann-Sophie und Zaz an. „Aber wo ist Arpad? Habt ihr ihn nicht mitgebracht?"
„Doch", erklärte Zaz. Sie deutete in Richtung der Scheune. „Er redet gerade mit Ben. Schon eine ganze Weile."
Mit einem entschuldigenden Grinsen deutete sie auf die Teller. „Wir hatten wahnsinnigen Hunger, ich hoffe, das war in Ordnung?"
Tine sah in den Topf und zuckte mit den Schultern. „Ich sollte vor dem Abendessen vielleicht mein Gulasch von der Karte nehmen. Aber es freut mich, dass es euch allen offensichtlich gut geschmeckt hat."
„Sie sind einfach die beste Köchin!", nickte Fee. „Wie könnte es uns da nicht schmecken?"
Tine lächelte und setzte sich zu ihnen.

Erst jetzt bemerkte Zaz, dass ihre Großmutter merkwürdig vergnügt aussah. „Was hast du denn gemacht?“, fragte sie.
„Ich? Ich habe gerade eben mit einer Unterschrift dafür gesorgt, dass ich ein Jahr mehr Zeit habe, um mein Donneracker zu retten.“ Tine strahlte Zaz an. „Deine Mutter würde das anders sagen. Da hätte ich ein Jahr Zeit, um Donneracker wieder *auf wirtschaftlich stabile Beine zu stellen.* Was so ziemlich dasselbe bedeutet.“
„Ehrlich?“ Zaz sah ihre Oma mit großen Augen an. „Was hast du denn dafür unterschrieben?“
„Einen neuen Kreditvertrag bei der Bank“, erklärte Tine. „Den habe ich bekommen, weil meine Schwiegertochter so einen tollen Finanzplan geschrieben hat. Offenbar hat das sogar den Herrn Bankdirektor überzeugt.“
„Klasse!“, rief Zaz. „Und was musst du jetzt dafür tun? Mit einer Unterschrift ist es doch wohl nicht getan?“
„Nein“, nickte Tine. „Alexandra hat in ihrem tollen Plan geschrieben, was sich alles ändern wird. In was ich investieren werde, um künftig mehr Besucher nach Donneracker zu bringen.“
„Abschied von der Blümchenbettwäsche?“, grinste Zaz.

Tine knuffte sie in die Seite. „Ja. Mehr als nur das. Ich erkläre dir das ein anderes Mal, deine Freunde langweilen sich sonst nur. Auf jeden Fall wird Donneracker schöner werden!"
„Klingt doch klasse!", rief Lukas. „Gratuliere! Und wenn wir irgendwo helfen können …"
In diesem Augenblick kamen Ben und Arpad aus der Scheune. Sie liefen nebeneinander zu den Pferden. Langsam ging Ben zu Feuertanz hin. Hob vorsichtig die Hand und ließ den Hengst daran riechen, bevor er ihm über die Nase streichelte. Feuertanz zögerte einen Moment, aber dann schien er die Berührung zu genießen und senkte seinen Kopf, damit Ben ihn auch zwischen den Ohren kraulen konnte.
Die Horde sah mit offen stehenden Mündern zu. Feuertanz ließ sich zwar – im Gegensatz zu Monsun – von jedem anfassen. Aber normalerweise ließ er die Berührung von Fremden höchstens über sich ergehen. Das hier sah so aus, als ob er die Streicheleinheiten von Ben geradezu suchen würde.
„Ob er weiß, dass das Arpads Vater ist?", flüsterte Ann-Sophie.

Fee, die wohl spürte, dass da etwas Besonderes vorfiel, legte Zaz die Hand auf den Arm. „Was passiert denn da? Sag es mir!"
„Eigentlich nichts Besonderes", erklärte Zaz leise. „Es ist nur so, dass Ben Feuertanz streichelt – und der findet das ganz offensichtlich ziemlich klasse. Und jetzt gehen die beiden zu den anderen Pferden. Sieht von hier so aus, als wollte Arpad seinem Vater seine Freunde vorstellen."
Fee wollte es genauer wissen. „Dann vertragen sich die beiden?"
Zaz sah nachdenklich zu Ben und Arpad hin. „Ja. Ich denke schon."
Nachdem sie ausgiebig bei den Pferden gewesen waren, kamen Arpad und Ben über die Wiese zur Terrasse. Arpad schielte auf die leeren Teller. „Habt ihr da noch irgendetwas übrig gelassen? Nach den letzten Tagen habe ich einen Riesenhunger. Toastbrot ist irgendwie nicht genug für mich …"
Zaz schöpfte ihm einen großen Schöpflöffel auf einen unbenutzten Teller. Dann sah sie Ben an. „Und wie sieht es bei Ihnen aus? Möchten Sie auch ein bisschen?"
Ben nickte. „Von Herzen gerne!"

Vater und Sohn setzten sich einträchtig nebeneinander und fingen an zu essen.

Zaz platzte fast vor Neugier. Nach wenigen Augenblicken konnte sie sich nicht mehr beherrschen. „Und wie geht es jetzt weiter?"

Arpad sah seinen Vater fragend an.

Ben legte seine Gabel sorgfältig auf den Tellerrand, nahm eine Serviette und wischte sich den Mund ab. Er zögerte, bevor er endlich antwortete. „Ich weiß es nicht. Ich muss nächste Woche zu meinem alten Job als Tierpfleger zurückkehren …"

„Du verschwindest schon wieder?", fuhr Arpad auf.

„Langsam, langsam." Ben wiegte seinen Kopf nachdenklich hin und her. „Ich würde versuchen, hier in der Nähe eine Anstellung zu finden. Und eine Wohnung, in der du auch ein Zimmer hast, um hin und wieder bei mir zu sein. Aber das wird so schnell nicht klappen, denke ich. Hier in Donneracker oder in der Stadt ist ja leider kein Zoo oder Tierheim, wo ich gebraucht werden könnte …"

Tine sah ihn mit gerunzelter Stirn an. „Sie möchten wirklich lieber hier in der Gegend arbeiten?", wollte sie wissen.

„Sicher. Es reicht mir, dass ich meinen Sohn *ein* Mal verloren habe“, nickte Ben. „Jetzt möchte ich gerne in seiner Nähe sein.“

„Könnten Sie sich vielleicht vorstellen, auch etwas anderes zu machen als Tierpflege?“ Tine schien einen Plan zu verfolgen. Zaz fragte sich, was ihre Großmutter da vorhatte.

„Klar. Aber ich habe nichts anderes gelernt …“ Ben merkte erst jetzt, wie aufgeregt Tine war. „Oder haben Sie an etwas ganz Bestimmtes gedacht?“

„Nun … Wie ich den Kindern gerade eben schon erzählt habe: Ich muss investieren. Das heißt, dass ich in meinem Finanzplan für das kommende Jahr einen Angestellten vorgesehen habe, der mir bei den Renovierungs- und Reparaturarbeiten zur Hand geht. Sie haben sich doch im Schäferkarren der Horde und in den letzten Tagen in der Scheune gar nicht schlecht angestellt … Von mir aus könnten Sie hier arbeiten.“ Sie deutete in Richtung der Scheune. „Sie könnten sich die alte Wohnung über den Stallungen wiederherrichten und dort wohnen. Wenn Sie das wollen.“

Sehr langsam breitete sich ein Strahlen über Bens Gesicht aus. „Ehrlich? Das würden Sie mir anbieten?" Er klang fassungslos.

„Ja", nickte Tine noch einmal. „Ich kann allerdings nur ein kleines Gehalt zahlen. Aber dafür eine Wohnung und Essen hier bei mir. Tiere vor der Tür. Ein Zimmer für Arpad."

„Mein Vater hier in Donneracker?" Arpad sah Tine mit zusammengezogenen Augenbrauen an.

Zaz konnte sein Zögern verstehen. Diese Lichtung mit dem Fachwerkhaus, der Wald und der Karren – das war ihre eigene Welt. Hier waren sie frei, weit weg von allen Problemen. Und auch weit weg von Eltern, die immer besser wussten, was gut für sie war.

„Du kannst natürlich bei deiner Pflegefamilie bleiben", erklärte Ben hastig. „Ich wäre aber gerne nicht mehr so weit weg von dir. Und dann können wir ja sehen, wie gut wir uns vertragen."

Arpad schüttelte den Kopf. „Das ist es nicht. Es ist nur … Donneracker und der Wald, das waren immer die Orte, an die ich vor jedem Ärger und allem, was mir nicht gepasst hat, fliehen konnte. Es wird komisch sein, wenn du hier bist …" Er dachte ein Weilchen nach, dann schlich sich ein vorsichtiges Lächeln in seine Mundwinkel. „Aber es ist auch sehr schön, wenn du in Donneracker bleibst!“, rief er dann. „Das ist wahrscheinlich das Beste, was mir jetzt überhaupt passieren kann. Ich muss mich nur noch daran gewöhnen!“

Ben stand auf, schnappte sich Tines Hände und schüttelte sie immer wieder. „Danke! Vielen Dank! Sie sind wunderbar!!“

Tine lachte. „Bedanken Sie sich nicht zu sehr. Sie werden viel arbeiten müssen. Sonst fällt hier bald alles auseinander.“

„Ich weiß wirklich nicht, was ich sagen soll“, erklärte Ben ernst. „Außer: Sie werden es nicht bereuen. Bald wird Donneracker keiner mehr wiedererkennen!“

Tine winkte ab. „Das wäre ja schrecklich!“

Alle redeten durcheinander und keiner hatte bemerkt, dass die Pferde an die Terrasse gekommen waren. Jetzt streckten sie ihre Köpfe weit nach vorne und schienen zu fragen, was die ganze Aufregung sollte.

Feuertanz stupste seinen Reiter vorsichtig an, fast als wollte er ihn noch einmal für seine Entscheidung zur Rückkehr loben.

Zaz traten die Tränen in die Augen. Unwillkürlich ging sie zu ihrer Monsun. Sie lehnte ihr Gesicht an den Hals der Stute und atmete den ganz eigenen Pferdegeruch ein. Es gab auf dieser Welt einfach nichts Besseres.

„Es werden ja immer mehr Pferde in dieser Pension! Können Sie die nicht in einen Stall stecken!“, rief in diesem Augenblick eine Dame, die gerade auf die Terrasse kam. Sie gehörte zu dem Paar, das schon seit ein paar Tagen die vielen freien Pferde rings um die Pension misstrauisch betrachtet hatte.

Tine schüttelte laut lachend den Kopf. „Nein, diese Pferde kann und will ich in keinen Stall stecken. Ich habe lange genug gebraucht, um zu verstehen: Meine wilde Herde ist das ganz Besondere an Donneracker!“

Mit einem entsetzten Kopfschütteln drehte die Dame sich zu ihrer Begleiterin um. „Dann warten wir doch lieber drinnen, bis Sie ein Kännchen Tee bringen. So nah waren diese Pferde ja noch nie bei den Tischen, da kann es einem ja schon unheimlich werden. Ich mag Tiere … Aber diese Pferde sind so groß!“

Damit verschwanden sie wieder nach drinnen.

Tine sah ihnen hinterher. „Na, hoffentlich beruhigen sie

sich wieder. Die beiden haben ihr Zimmer bis zum Ende der Sommerferien gebucht, solche Gäste sind Gold wert für mich. Ich kann da keine größeren Probleme brauchen …“

Arpad blinzelte in die tiefstehende Sonne. „Es wird Zeit, dass wir alle heimgehen. Ich möchte nicht, dass meine Pflegefamilie doch noch beim Jugendamt anruft.“ Er sah die anderen an. „Und ich habe keine Ahnung, was ihr euren Eltern erzählt habt, damit ihr letzte Nacht bei mir in der Hütte am See bleiben konntet. Aber ich denke, jetzt sollten wir wirklich langsam nach Hause gehen.“

Alle nickten, gingen zu ihren Pferden und sprangen auf die Rücken der Tiere. Auch Fee sprang auf und winkte in Richtung Zaz. „Ich reite jetzt auch heim. Meine Mutter kann die Tasche mit meinen Sachen ja morgen abholen!“

Zaz nickte. Es würde ihr komisch vorkommen, wenn sie heute Abend wieder alleine in ihrem Zimmer war. In den letzten Tagen hatte sie sich an die Gegenwart der ruhigen, besonnenen Fee gewöhnt.

Bevor alle im Wald verschwanden, drehte Arpad sich noch einmal um. „Und morgen treffen wir uns alle wieder zu einem richtigen Hordenritt!“ Er schlug Lukas auf

den Rücken. „Wir können ja hin und wieder ein bisschen langsam machen, damit Müller mithält."
Alle lachten und die vier verschwanden.
Zaz blieb alleine bei ihrer Monsun zurück. „Na, willst du nicht den anderen hinterher?", flüsterte sie.
Statt einer Antwort blies die Stute ihr zart ins Gesicht.
Zaz kannte ihr Pferd inzwischen gut genug, um zu wissen, dass Monsun auf diese Art und Weise ihre Freundschaft zeigte.
Lächelnd spielte Zaz mit der langen Mähnensträhne, in der immer noch die Feder hing. Sie wusste es in diesem Augenblick ganz genau: Am wichtigsten war, dass man seine Freunde nicht im Stich ließ. Und da war es völlig egal, ob diese Freunde zwei Beine oder vier Hufe hatten …

Überraschung mit Rädern

„Und dann will Ben noch mit meinen Pflegeeltern reden. Und mit dem Jugendamt. Aber da er einen festen Job in Donneracker bekommt und dort auch eine Wohnung hat, sollte es kaum Probleme geben: Ich kann ihn in Zukunft regelmäßig besuchen. In Donneracker!"
Arpads Augen strahlten, als er der Horde von seinen neuen Zukunftsplänen erzählte. Sie hockten alle im Gras vor ihrem Karren, während die Pferde um sie herum grasten und nur hin und wieder die Köpfe schüttelten, wenn eine Fliege zu aufdringlich wurde.
„Und du bist dir sicher, dass du dich mit Ben nicht strei-

ten wirst?“ Ann-Sophie sah Arpad mit hochgezogenen Augenbrauen an. „Wenn ich mich recht erinnere, dann wolltest du Ben nicht einmal kennenlernen. Und jetzt reicht ein einziges Gespräch? Das kann ich irgendwie nicht glauben.“

„Ich war blöd“, gab Arpad zu. „Jahrelang habe ich davon geträumt, dass mein Vater endlich wiederauftaucht – und dann habe ich es nicht auf die Reihe gekriegt, als er plötzlich da war. Wir haben gestern darüber gesprochen, warum alles so schiefgelaufen ist. Und dass es jetzt besser wird. Aber das Wichtigste ist: Er versteht, warum ich so gerne mit Feuertanz zusammen bin. Für ihn sind Tiere so wichtig wie für mich. Und das …“ Arpad zögerte einen Moment, bevor er weiterredete. „… das hat noch nie einer verstanden. Ich meine, außer euch. Meine Pflegemutter fand es immer total schräg, dass ich ständig in den Wald zu den Pferden gehe. Als ich gestern nach Hause kam, war sie so wütend, dass ich ihr fast nicht erzählen konnte, was passiert ist. Es hat eine Ewigkeit gedauert, bis sie begriffen hat, dass mein echter Vater aufgetaucht ist und ich deswegen total ausgerastet bin. Dabei hat er doch vorher bei ihr angerufen. Aber

sie hat wohl nicht geglaubt, dass er wirklich hierherkommt …"
„Und dann?", wollte jetzt Fee wissen.
„Klar. Natürlich ist sie sauer, dass Ben nicht den Weg eingeschlagen hat, der vom Jugendamt vorgesehen ist. Als er sie angerufen hat, hat sie ihn gebeten, dass er den üblichen Weg geht. Also die Nummer mit dem begleiteten Treffen und so. Aber irgendwann hat sie begriffen, dass das eine echte Chance für mich ist. Ich kann meinen Vater ohne Stress kennenlernen."
„Also gibt es jetzt doch ein Happy End?", fragte Zaz vorsichtig.
„Sieht so aus", nickte Arpad. Sein Feuertanz streckte ihm den Kopf über die Schulter und gedankenverloren spielte Arpad mit einer Strähne der langen Mähne. „Zumindest könnte es eins werden." Er dachte einen Moment lang nach, bevor er weiterredete. „Ich hatte ja so eine Ahnung, dass wir in diesem Sommer noch so einiges erleben werden. Aber von so was hier hätte ich nicht einmal geträumt. Ich hatte eher an Ty und seine Biker gedacht. Nie hätte ich geglaubt, dass ich meinen Vater kennenlerne." Er lächelte. „Endlich."

„Von wegen Biker: Eine Sache wäre da noch zu klären!“, sagte Ann-Sophie plötzlich.

Die anderen sahen sie neugierig an. „Was denn?“

„Na, wir wissen immer noch nicht, von wem die geheimnisvollen Fahrradspuren im Wald sind. Ob sich dieser Ty einfach über unsere Abmachungen hinwegsetzt und trotzdem in unserem Wald herumfährt. Oder ob es jemand ganz anderes ist …“ Sie sah in die Runde. „Sollten wir das nicht endlich aufklären? Oder ist es uns einfach egal?“

„Natürlich ist uns das nicht egal!“, rief Arpad. „Ich bin mir sicher, dass da einer der Biker hofft, dass wir ihn nicht entdecken. Das müssen wir beenden!!“

„Und wie sollen wir ihn finden?“, gab Zaz zu bedenken. „Bis jetzt haben wir doch nur die Spuren gesehen. Und die waren im ganzen Wald verteilt. Offensichtlich legt unser Biker keinen Wert darauf, uns zu treffen. Im Gegenteil: Überall, wo wir sind, da ist er nicht.“

„Trotzdem“, beharrte Arpad. „Es geht nicht, dass er sich nicht an unsere Abmachung hält. Wir sollten bei unseren Ritten wenigstens die Augen offen halten. Vielleicht finden wir ihn ja doch noch.“

„Oder sie." Fee zuckte mit den Schultern. „Es könnte doch sein, dass es nicht Ty ist. Sondern jemand anderes. Ein Mädchen. Nur so eine Idee."

„Kann doch gar nicht sein, das ist wieder dieser Ty!", rief Arpad. „Das spüre ich!"

„Und dein Gefühl hat dich in den letzten Tagen ja nie getäuscht", murmelte Zaz trocken.

Alle lachten. Arpad schüttelte nur den Kopf, stand auf und sprang auf Feuertanz. „Wer kommt mit? Eine Runde durch den Wald und wir halten die Augen nach neuen Spuren offen?"

„Ich bin dabei!" Zaz stand auf und sprang auf Monsun. Sie freute sich heimlich darüber, wie gut das inzwischen klappte.

Auch die anderen schwangen sich auf ihre Pferde. Gemütlich machten sie sich auf den Weg. Über verschlungene Pfade, Schneisen und Lichtungen erreichten sie weit entfernte Gegenden des Waldes, in denen sie nur selten unterwegs waren. Die Bäume standen hier dichter und wirkten dunkler als in der Nähe von Donneracker. Arpad deutete wortlos nach unten. Je weiter sie kamen, desto mehr Fahrradspuren waren zu sehen. Es hatte seit

Wochen nicht geregnet, der Boden war hart und trocken – aber hier im Wald gab es immer wieder weiche Stellen, wo sich die Abdrücke der Reifen klar abzeichneten.
Arpad starrte diese Zeichen des ungebetenen Gastes wütend an. „Wenn ich den erwische“, murmelte er leise vor sich hin.
Fee hob eine Hand. „Schhhh…“ Sie lauschte in den Wald hinein und deutete dann in eine Richtung. „Er ist gerade unterwegs. Nicht weit weg von hier!“
Arpad drückte seinem Feuertanz die Fersen in die Seiten. „Den erwische ich!“
Der Rest der Horde sprengte ihm hinterher – und tatsächlich sahen sie Sekunden später, wie ein einsamer Fahrradfahrer auf einem umgefallenen Baumstamm balancierte. Zaz sah die gelbe Schlange auf dem Helm und hielt die Luft an. Dieses Zeichen kannte sie noch gut. Das war nicht Ty!
Doch noch bevor sie Arpad etwas zurufen konnte, ließ der schon seinen Hengst neben dem Baumstamm steigen. Vor Schreck rutschte der Biker ab und krachte auf den Boden.

Zaz sprang ab und kniete sich neben dem Fahrrad hin. „Hast du dir wehgetan?“, fragte sie.
Der Biker nahm seinen Helm ab. Zum Vorschein kamen jede Menge verfilzte Dreadlocks und darunter ein dreckiges, trotziges Gesicht. Zaz hatte richtig vermutet.
„Nala! Was tust du denn hier?“
„Ich bike. Was sonst?“ Sie versuchte, selbstsicher zu klingen. Was ihr nicht ganz gelang.
„Und was ist mit unserer Vereinbarung?“ Arpad sah sie finster an. „Vielleicht erinnerst du dich ja noch: Ihr habt das Rennen verloren. Und damit auch das Recht, hier im Wald zu biken. Eure Räder haben hier nichts mehr zu suchen!“
„Das Rennen war doch so eine dieser typisch beschissenen Ideen von Ty. Ich habe keine Ahnung, was der immer gegen Pferde hat. Mich haben die nie gestört. Und jetzt soll ich das hier aufgeben? Bloß weil Ty ein Idiot ist?“ Sie sah Arpad an. „Das ist doch nicht fair!“
„Selber schuld, wenn du dich so einer bescheuerten Bande anschließt. Du warst ständig in der Burg der Biker, also kann es ja nicht so schlimm gewesen sein mit Ty. Bis ihr verloren habt“, erklärte Arpad streng.

„Was schadet es uns denn, wenn Nala hier alleine herumkurvt?“, mischte Zaz sich ein. Sie hatte immer noch ein schlechtes Gewissen, weil Nala sich bei dem Rennen am Bein verletzt hatte. Und zwar durch ihre Schuld: Zaz hatte sie im falschen Moment abgelenkt und so war Nala gestürzt.
„Es ist gegen die Regeln!“, sagte Arpad noch einmal.
„Ja, aber wer macht die Regeln denn? Nur wir. Also können wir auch ganz locker Nala hier rumkurven lassen. Jetzt chill doch mal! Außerdem könnte Nala uns warnen, wenn Ty wieder zurückkommt!“ Zaz sah Nala an. „Oder etwa nicht?“
„Klar kann ich das!“ Nala lachte leise auf. „Und ich hätte sogar Spaß dabei. Er muss jetzt in dem öden Bikerpark bei der Schule seine Runden drehen – und das alles nur wegen seiner Blödheit. Ehrlich: Hätte er nicht euren klapprigen Karren geklaut, wäre es doch nie zu diesem Rennen gekommen.“
Zögernd sah Arpad den Rest der Horde an. „Wie seht ihr das?“
Lukas meldete sich als Erster. „Ich sehe das wie Zaz. Der Wald ist groß genug. Und dieser Unfug von Wettstreit

war doch wirklich nur ein Ding von Ty. Meinetwegen kann Nala bleiben."
Ann-Sophie und Fee nickten.
„Dann wäre das also beschlossene Sache", erklärte Arpad. Er nickte Nala zu. „Du kannst bleiben. Aber wenn Ty hier wieder auftaucht, dann musst du uns sofort Bescheid geben, okay?"
Nala nickte. Sie sah die Reiter der Reihe nach an, während sie an der Fahrradkette um ihren Hals herumfingerte. „Danke", sagte sie schließlich. „Ihr seid irgendwie echt in Ordnung."
Damit setzte sie wieder ihren Helm auf, stellte sich in die Pedale und fuhr, so schnell es ging, zwischen den Bäumen davon. Offensichtlich fürchtete sie, dass Arpad seine Meinung noch einmal änderte.
Arpad sah ihr stirnrunzelnd hinterher. „Hoffentlich bereuen wir das nicht!"
„Warum sollten wir?" Zaz lachte. „Ich glaube eher, wir haben jetzt eine neue Verbündete. Sie wird uns besuchen, wenn hier was passiert. Vielleicht sind wir da bald schon dankbar."
„Na, hoffentlich." Arpad wendete Feuertanz. „Reiten

wir heim. Ich für meinen Teil hatte heute genug Abenteuer. Und ich muss noch schauen, in welchem Zimmer ich künftig wohnen will, wenn ich Ben besuche." Er sah auffordernd in die Runde. „Also, wie sieht es aus? Sollen wir ein bisschen schneller nach Donneracker galoppieren? Ihr wisst doch:

Hufbeinbruch und Kreuzverschlag,
wir sind frei an jedem Tag.
Die Horde reitet wie der Wind,
weil wir wilde Geister sind."

Alle riefen den Hordenschwur laut mit. Und dann rasten sie auf ein Handzeichen von Arpad los.

Zaz, die immer noch an der Stelle gestanden hatte, wo Nala gestürzt war, rannte einige Schritte neben der galoppierenden Monsun mit, griff in die Mähne und landete auf dem Rücken ihrer vierbeinigen Freundin. Strahlend sah sie die anderen an.

Arpad nickte anerkennend und Ann-Sophie zeigte ihr den hochgestreckten Daumen.

Sie hatte es also endlich kapiert und es war so einfach wie atmen. Zaz lachte und legte sich nach vorne auf Monsuns Hals. Sie flogen wieder gemeinsam durch den Wald.

Und es gab nichts, was sich besser anfühlte.